ভৌতিক ১০ গল্প

শঙ্কর দে

বিষয়বস্তু

ভূমিকা

আমি শঙ্কর দে, আমি এই বইটির সম্পাদক। এই বইতিতে প্রায় ১০টি ভৌতিক গল্প তুলে ধরা হয়েছে। ১০ জন লেখকের ১০টি বাছাই করে নেওয়া গল্প। গল্পগুলি আমাদের ভাল লেগেছে বলেই প্রকাশিত করা হয়েছে। এই গল্পগুলির মাধ্যমে কাউকে কোন রকমের আঘাত করা হয়নি এবং কোন স্থান উচ্ছরন হলে সেটি সম্পূর্ণ গল্প মনে করে মেনে নেবেন। এখানে বাস্তবতার সাথে কোন মিল নেই।

এই ১০ জন লেখক-লেখিকার ১০টি গল্প নিয়েই আমাদের এই বইটি। এই গল্পগুলি ছোটো থেকে বড় সবাই পাঠ করতে পারবেন। কারণ গল্পগুলোতে অতিরিক্ত ভয়ের কথা উল্লেখ করা হয়নি। আমাদের বইটির নাম দেওয়া হয়েছে ভৌতিক ১০ গল্প। আশা করছি সকল পাঠক-পাঠিকাদের আমাদের এই বইটি পড়ে ভাল লাগবে।

বইটির গল্পগুলি কিছু রহস্য, কিছু খ্রিলার আর রয়েছে ভৌতিক সম্ভার। এই বইটির ১০ জন লেখক-লেখিকাদের জানাই আন্তরিক অভিনন্দন, পরবর্তী সময়ে আর ভাল হোক তাদের লেখা। তাদের লেখায় শুরু হোক নতুন বইয়ের জগৎ।

ধন্যাবাদ

শঙ্কর দে

Bhoutik 10 Golpo

    edit *SANKAR DEY*

    -

প্রকাশ - এপ্রিল ২০২৫

গ্রন্থস্বত্ব - শঙ্কর দে

প্রচ্ছদ - শুক্লা দাস

বর্ণসংস্থাপন - শঙ্কর দে

    -

" প্রকাশক *- Notion Press, inc*

        800, West Ei Camino Real #180,

        California USA 94040

        -

        Notion Press Media Pvt Ltd,

        #7, Red Cross Road,

        Egmore, Chennai, Tamil Nadu 600008 "

-

Paperback Rs - 150

Hardcover Rs - 300

লেখকের কথা

লেখকের কথা-

এই প্রকৃতির মাঝে কতই না দেখা ও অদেখা,জানা, অজানা বিষয় রয়েছে। তেমনি একটি বিষয় হচ্ছে ভুতের হাতছানি। ভুত বলতেই আমরা বুঝি এমন কিছু যা স্বভাবতই অদৃশ্য। যার কথা বললেই গা ছমছম করে ওঠে। ভুতুড়ে পরিবেশ মানেই গায়ের রক্ত জল হয়ে আসার মত একটা ব্যাপার। এমনি সব রহস্যময় ও রোমাঞ্চকর ভুতুড়ে গল্প নিয়ে আসছে ভৌতিক ১০ গল্প, যেটির সম্পাদনায় রয়েছেন মাননীয় শঙ্কর দে। বইটিতে আমার লেখা সহ মাননীয় ৯ জন গল্পকারের লেখা রয়েছে। বইটি অত্যন্ত রোমাঞ্চকর হতে চলেছে

পাঠকদের সম্পর্কে:

এই বইটি যেকোনো বয়সের পাঠক বন্ধুরা পড়তে পারেন। যথেষ্ঠ অভিজ্ঞতা দিয়ে তৈরি বইটি। আপনারা বইটি পড়ে একটি ভৌতিক পরিবেশের রোমাঞ্চ অনুভব করতে পারবেন। আপনাদের ভালো লাগলেই আমাদের প্রচেষ্টা সার্থক।।

ইতি- প্রিয়নাথ কর্মকার

লেখকের কথা-

কাশেমপুরের তেরো বছরের রুপসী মেয়ে মুস্কানের দেহের গঠন যেন আকৃষ্ট করে চলেছে কবিরাজ, সিরাজুলের মতো নারী-ভক্ষণকারীদের। তাঁদের কু-স্পর্শ থেকে রেহাই পায়নি বাচ্চা মেয়েটা, কিন্তু সেই একটা স্পর্শ বুঝিয়ে দেয় মুস্কান কোনো সাধারণ মেয়ে নয়। তাহলে, কে এই মুস্কান? সত্যিই কি তাঁর উপর ভর করেছে রুপনগরের কোনো পিশাচিনী নাকি আরও ভয়ানক কিছু? কী হবে শেষ পরিণতি? মানুষকে কি সত্যিই এই জন্মের ফল এই জন্মেই ভুগতে হয়? কী রহস্য তাঁর মা জেনেও চুপ করে থাকে? কী আছে এর পেছনে?

পাতায় পাতায় অলৌকিকতা ও রোমাঞ্চের হাতছানিতে গায়ে শিহরণ জাগানো একটি অতিলৌকিক উপাখ্যান।

শুধু পাঠকদের উদ্দেশ্যে বলে রাখি,
"রাতে না পড়াই ভালো"....

ইতি- সোহম ব্যানার্জী

লেখকের কথা-

শঙ্কর দে সম্পাদিত "ভৌতিক ১০ গল্প" বইটি পাঠকদের মধ্যে বিশেষত ভূতের গল্প

পড়তে ভালোবাসেন এমন পাঠকদের কাছে একটি অমূল্য রত্ন। যে গল্পগুলি পড়লে মনে ভয়ের উদ্রেক করে অথচ গল্প শেষ না হওয়া পর্যন্ত ওঠা যায় না, এ হল সেই ধরণের একটি বই। দশটি ভৌতিক গল্পের প্রতিটি গল্পই সেরা। বইটির সম্পাদনার কাজ যথার্থ ভাবে পালন করা হয়েছে এবং বইটির প্রচ্ছদ যেকোনো পাঠকের কাছে আকর্ষিত করে। সর্বোপরি এমন একটি বই অবশ্যই সংগ্রহে রাখা উচিত।

ইতি- মলয় হাজরা

লেখকের কথা-

গ্রাম বাংলার আনাচে-কানাচে যখন ভূতের আতঙ্ক। আর সেই আতঙ্ক যখন সাধারণ মানুষকে গ্রাস করে, তখন সৃষ্টি হয় শুধু রহস্য, রহস্য আর রহস্য। যাহা সমস্ত ভূত প্রেমিকদের করে তোলে ভূতের প্রতি আকর্ষণ এবং তাদেরকে উদগ্রীব করে তোলে এই অন্তরালের পিছনে থাকা আসল বাস্তবতা কি? এমনই এক ভৌতিক গল্প সংকলন হলো "ভৌতিক ১০ গল্প।" যাহা সমস্ত ভূত প্রেমিকদের মনে দাগ কেটে থাকবে। সঙ্গে সমস্ত পাঠকের মনের মনিকোঠায় আজীবন থেকে যাবে বলে আমি চির আশাবাদী। আশা করি, এই ভৌতিক গল্প সংকলন একবার ছুঁয়ে দেখলে নিরাশ হবেন না। সকলেই ভালো থাকুন, সুস্থ থাকুন এবং এভাবেই ভূতের প্রতি ভালোবাসা রাখুন।

ইতি- বিশ্বজিৎ দাস (ময়ূর)

লেখকের কথা-

সাম্প্রতিক কালের ভৌতিক কাহিনী পাঠের আগ্রহ সর্বসাধারণের মধ্যে প্রবলভাবে দেখা যাচ্ছে। কিন্তু সেই তুলনায় তেমন উৎকৃষ্ট সৃষ্টি খুব একটা পাওয়া যাচ্ছে না। পাঠকের মনের মধ্যে ভয়ের দরজা খুলে দিতে তাই এই সংকলনের অবতারণা।

শ্রদ্ধেয় সম্পাদক শংকর দে মহাশয়ের একক উদ্যোগে ১০ জন বিশিষ্ট লেখকের ভৌতিক কাহিনী নিয়ে নোশন প্রেস থেকে প্রকাশিত হতে চলেছে এক অভূতপূর্ব ভৌতিক সংকলন। তাই সকলে এগিয়ে এসে সম্পাদক মহাশয়ের এই নিরলস প্রচেষ্টাকে সর্বাঙ্গীণ সুন্দর এবং সাফল্যমন্ডিত করে তুলুন এই আশাই রাখবো।

এবং সবশেষে শ্রদ্ধেয় সম্পাদক শ্রী শঙ্কর দে মহাশয় কে এই সংকলনে আমার লেখা গল্পটিকে স্থান করে দেওয়ার জন্য আমার তরফ থেকে আন্তরিক শ্রদ্ধা ও শুভকামনা জানাচ্ছি।

ইতি- অল্লান কান্তি দাস

লেখকের কথা-

প্রথমেই জানাই আমার একরাশ আন্তরিক শুভেচ্ছা "Notion press" -এর প্রত্যেক কর্ণধারকে, আমার প্রেরণ করা ভূতুড়ে গল্প - "ভূতুড়ে প্রত্যাবর্তন" - কে তাদের আগামী

ভূতের গল্প সংকলনে মনোনীত করার জন্য। এখানে মোট দশটি ভয়ঙ্কর শিহরণ ধরানো ভৌতিক গল্প একই মলাটের ভেতরে স্থান পেতে চলেছে পাঠকদের মনে সত্যিকারের ভৌতিক ক্ষিধেকে প্রশমিত করার জন্য। তবে পাঠকদের কাছে আমার তরফে একটা অতি প্রয়োজনীয় অগ্রীম সাবধান সূচক বার্তা এই যে, দয়া করে বইটি পাঠ করার পূর্বে অতি অবশ্যই নিজের হৃদ স্পন্দনকে শান্ত রাখার চেষ্টা করবেন এবং একা রাতের অন্ধকারে অতি অবশ্যই পাঠ করার সাহস না দেখানোই ভালো, আপনার নিজেরই সুস্বাস্থ্যের কথা ভেবে। ভূতের গল্প পড়ে যদি নিজের ছায়াকেই ভয় না পেলেন তাহলে আর সময় নষ্ট করে ভূতের গল্প পড়ার কি প্রয়োজন? এবং এই সংকলনটির প্রতিটি গল্পেই সেই রোম উত্তেজক অনুভূতিই পেতে চলেছেন আপনারা ছোট বড় প্রত্যেকেই।

বাকি নয় জন সহ লেখককেও ভূতুড়ে শুভেচ্ছা সমস্ত ধরনের ভয়ানক ভূত গুলোকে একত্রিত করে মলাট বন্দী করার জন্য।

ধন্যবাদান্তে সকলের প্রিয় এবং শুভাকাঙ্ক্ষী ভূতুড়ে লেখক,

ইতি- মৃণাল বন্দ্যোপাধ্যায়

লেখিকার কথা-

ভয় জিনিসটা বড় গোলমেলে। সেধে কি কেউ ভয় পেতে চায়? আলবাৎ চায়! ভবিষ্যতের চিন্তায় মগ্ন হয়ে থাকা বাঙালি ভূতের গল্পের প্রতি এই অমোঘ আকর্ষণ কিন্তু রীতিমত চমকপ্রদ। সেই ভূতবিলাসী পাঠকদের ঘুম কেড়ে নিতে নোশন প্রেস শঙ্কর দে- এর সম্পাদনায় হাজির করেছে দশটি গা ছমছমে ভৌতিক কাহিনী। প্রত্যেকটি কাহিনীর পাতায় পাতায় আছে আতঙ্কের শিহরণ আর অলৌকিকের রোমাঞ্চ।

এই সংকলনে স্থান পেয়েছে আমার একটি ছোটগল্প 'ফোনের ওপারে কে'। প্রযুক্তি আমাদের দৈনন্দিন জীবনের সাথে মোবাইল ফোনকে এমন বন্ধনে বেঁধেছে যে চাইলেও আর আমরা তার খপ্পর থেকে রেহাই পাবো না। ধরুন আপনার এই নিত্যদিনের সঙ্গী ফোনটায় একদিন কল করলো কোনো মৃত্যুলোকের নিবাসী। ইহজগতের বাইরে, অজানা অন্ধকার থেকে আসা সেই মোহময় আহ্বান কী ভাবে উপেক্ষা করবেন? এই আদিম অকৃত্রিম ডাক যা নিশির মতো দরজার বাইরে থেকে আসে না, আসে বুক পকেটের ভেতর থেকে; কখন, কেন আর কার কাছে কে জানে! আমি নোশন প্রেস ও সম্পাদক শঙ্কর দে মহাশয়কে আমার আন্তরিক ধন্যবাদ জানাতে চাই তাঁদের ভূত নিয়ে এই অভূতপূর্ব উদ্যোগে আমায় সামিল করার জন্য। আমার বিশ্বাস, এই সংকলন পাঠকদের মনোরঞ্জন করবেই।

ইতি- শর্মিষ্ঠা বিশ্বাস

লেখিকার কথা-

প্রথমেই ধন্যবাদ জানাই প্রকাশনা সংস্থাকে, আমার একটি গল্পকে এই সংকলনে স্থান দেওয়ার জন্য। আমার লেখা 'অন্ধকারের রাজা' গল্পটিতে দেখা যাবে কিভাবে চারজন কলেজ পড়ুয়া কৌতূহল মেটাতে গিয়ে একটি ভয়ানক খেলা শুরু করে এবং শেষ পর্যন্ত তাদের সবার জীবন কিভাবে বদলে যায়। শুধু ঐ চারজন নয়, তাদের আশেপাশের মানুষদের জীবনও কিভাবে পাল্টে যেতে থাকে একে একে। এই সংকলনে মোট দশজন লেখকের লেখা দশটি গল্প স্থান পেয়েছে। প্রতিটি গল্পই আলাদা ভাবে সুন্দর। এমন উদ্যোগের জন্য প্রকাশনা সংস্থার অবশ্যই সাধুবাদ প্রাপ্য।

ইতি- সঞ্চারী ভট্টাচার্য্য

লেখকের কথা-

Notion Press Bengali এর উদ্যোগে শ্রী শঙ্কর দে এর সম্পাদনায় দশটি ভূতের গল্প সংকলনটি প্রকাশ পেতে চলেছে। খুব শীঘ্র এতে আরও নয়জন সমসাময়িক লেখকের সাথে আমার একটি ভৌতিক গল্প স্থান পেয়েছে। ভূত মানে তো শুধু ভয় নয়, কল্পনা শিহরণ আর বিস্ময়ের অতিমানবিক বুনন হোল আধুনিক ভৌতিক গল্পের বৈশিষ্ট্য। বিষয়বস্তু যাই হোক তা যেন সাহিত্য গুণ উত্তীর্ণ হয় এটাই চাওয়ার। আশা করি এই বইয়ের সব গল্পগুলি সেই মানের হতে পেরেছে। অচিরেই বইটি পাঠকপ্রিয় হয়ে উঠবে, ভয় ধরাবে আবার এই গতিময় সমাজে বয়ে আনবে বুক ছ্যাঁত করে ওঠা pause এটাই হোক এটাই পাওয়ার।

ইতি- শাশ্বত বোস

লেখকের কথা-

বোম্বে থেকে রাকেশ এল সুরাটে চাকরিসূত্রে, সাথে ওর বউ সোনম।

রাকেশ অফিস যাওয়ার পর এক বৃদ্ধা এসে সোনমকে সাবধান করল ঐ ফ্ল্যাটে না থাকার জন্য। তিনি এসেছিলেন কোণের এক ফ্ল্যাট থেকে। কিছু পরে সোনমের বয়সী এক মহিলা দেবিকা এল - অতীব সুন্দরী, কিন্তু চোখে গভীর দুঃখের রেশ। সে সোনমকে স্বামীদের সম্বন্ধে অনেক নোংরা কথা বলে চলল। সোনম মোহিত হয়ে গেল তার কথায়। সুনাম বুঝে পেল না দরজা বন্ধ থাকা সত্ত্বেও মেয়েটি কি করে ঘরে ঢুকল।

কিছুদিন বাদে রাকেশ টুরে গেল সুরাটের বাইরে। সেই সুযোগে মেয়েটি এসে সোনমের মন সম্পূর্ণ নষ্ট করে দিল, বলল রাকেশকে ডাইভোর্স করতে।

সোনম ফোন না ওঠাতে রাকেশ টুর অসমাপ্ত রেখে হঠাৎই ফিরে এল এক রাতের পরে। সোনম ওকে অপমান করল, দুশ্চরিত্র বলে অপবাদ দিয়ে শোবার ঘরের দরজা আটকে পড়ে রইল।

পরদিন সকালে রাকেশ অফিসের জন্য বেরোল মাথায় রাজ্যের দুশ্চিন্তা নিয়ে, কিন্তু ফিরে এল রাস্তা থেকে। ও চাবি দিয়ে দরজা খুলে দেখে সোনম আত্মহত্যা করতে যাচ্ছে

ব্যালকনি থেকে লাফিয়ে।

রাকেশ গিয়ে সোনমকে ধরে ফেলল। সোনম তখন বলল যে দেবিকা আসলে একটা ভূত, যে ওকে সম্মোহিত করে ওর মন নষ্ট করে দিয়েছিল, ওকে বলেছিল আত্মহত্যা করতে।

সোনম স্যুটকেস গুছিয়ে ফেলল চলে যাবে বলে। তার আগে গেল বৃদ্ধ মহিলাকে ধন্যবাদ জানাতে। তার ছেলে বলল দেবিকার গল্প, যে মদ্যপ স্বামীর অত্যাচার সহ্য করতে না পেরে আত্মহত্যা করেছিল। ভদ্রলোক বুঝল যে তার মৃত মায়ের আত্মা এসেছিল সোনমকে সাবধান করতে।

ইতি- শংকর বিশ্বাস

১

অন্ধকারের রাজা

ঘুমের মধ্যেই শরীরে একটা তীব্র অস্বস্তি টের পাচ্ছিল রোশনি। মনে হচ্ছিল কেউ যেন তীক্ষ্ণ নখ দিয়ে ওর তলপেটে আঁচড় কাটছে। ও বুঝতে পারছিলো ওর গোটা গা ঘামে ভিজে গেছে। গলাও শুকিয়ে কাঠ। কিন্তু কিছুতেই ও ঘুম থেকে উঠতে পারছিলো না। একটা দমচাপা কষ্টে ছটফট করছিলো রোশনি। ঠিক সেই সময় হঠাৎই প্রচন্ড ঠান্ডা স্যাঁতসেঁতে একটা হাতের স্পর্শে ওর গোটা শরীর কেঁপে উঠল। ও অনুভব করলো একটা বরফের মত ঠান্ডা, ভিজে ভিজে হাত সাপের মত হিলহিল করে ওর পা বেয়ে উঠছে।

হাতটা আস্তে আস্তে রোশনির পা বেয়ে ওর বুকের কাছে উঠে এলো। আর তারপরই প্রচন্ড জোরে ওর গলা টিপে ধরল। ঘুমের মধ্যেই তীব্র আতঙ্কে ছটফট করতে করতে অস্ফুটে চিৎকার করতে লাগল রোশনি।

"কী রে? এই মামন! ঘুমের মধ্যে এভাবে বিড়বিড় করে কী বলছিস?"

হঠাৎ মায়ের গলাটা পেয়ে ধড়মড় করে উঠে বসে রোশনি। উফ! তার মানে এতক্ষণ ও স্বপ্ন দেখছিলো! রোশনি বুঝতে পারলো যে এখনো ওর চোখে রাজ্যের ঘুম ভিড় করে আছে। ও পরম প্রশান্তিতে মায়ের বুকে মুখ গুঁজে শুয়ে পড়তেই ওর মা ওকে দুহাতে জড়িয়ে ধরলো।

কিন্তু একি? মায়ের হাতদুটো এরকম ঠান্ডা ভিজে ভিজে কী করে হলো? আর মা ওকে এতো জোরে চেপে ধরছে কেন? "উফ মা! ছাড়ো, আমার লাগছে তো..." — চিৎকার করতে থাকে রোশনি। হঠাৎই একটা কথা মনে পড়াতে দপ করে ওর শরীরের সমস্ত রক্ত যেন মাথায় উঠে যায়। মা এখানে কী করে আসবে? ও তো কলেজের হোস্টেলে আছে! তাহলে এটা কে শুয়ে আছে ওর পাশে? কে ওকে এরকম ভাবে চেপে ধরে আছে? আর পারে না রোশনি। গলা ফাটিয়ে চিৎকার করতে থাকে রোশনি। আর একটা ঘন কালো অবয়ব আস্তে আস্তে রোশনির সমস্ত শরীরে ছড়িয়ে যেতে থাকে।

"এই মৌ! দেখ দেখ রোশনি বিড়বিড় করে কী যেন বলে চলেছে। এরকম করছে কেন রে?" — বলে উঠল নন্দিনী।

"কী জানি কিছুই তো বুঝতে পারছি না।" — উত্তর দেয় মৌসুমী।

"দাঁড়া আগে লাইটটা জ্বালাই। আর অনেক হয়েছে বাবা তোদের এই বিদঘুটে খেলা। এবার বন্ধ কর তো!" চেঁচাতে থাকে শ্রীপর্ণা। মোমবাতির আলোতে ঘরের মধ্যে একটা অদ্ভুত আলো-আঁধারি পরিবেশ সৃষ্টি হয়েছে। ওরা এতক্ষণ একটা খেলা খেলছিল, যার নাম "লর্ড অফ ডার্কনেস" বা অন্ধকারের রাজা। নন্দিনীই যেন কী একটা ওয়েবসাইট থেকে এই খেলার খোঁজ পেয়েছে। আর আজ যখন ওরা চার রুমমেট পড়াশোনা শেষ করে ঘুমোতে যাবো যাবো করছিল, ঠিক তখনই নন্দিনী এই খেলাটা পরখ করে দেখার প্রস্তাব দিয়েছিল। অন্যরকম একটা অভিজ্ঞতা হবে ভেবে না না করতে করতেও রাজি হয়ে গেছিল বাকি তিনজন। তারপরেই ওরা পায়ে পায়ে নেমে এসেছিল একতলার স্টোররুমে।

এইসব ভাবতে ভাবতেই উঠে গিয়ে সুইচবোর্ডের লাইটের সুইচটা অন করলো শ্রীপর্ণা। কিন্তু শুধু 'খট' করে একটা আওয়াজ হল, আলো জ্বললো না।

"এ কী রে? লোডশেডিং হয়ে গেলো নাকি?"

"না না লোডশেডিং নয় বোধ হয়।" — পাশের জানলা দিয়ে বাইরেটা দেখতে দেখতে বলে শ্রীপর্ণা। "ওই তো রাস্তার আলোগুলো জ্বলছে। শুধু এই রুমের আলোটাই জ্বলছে না।"

ওর কথা শুনে নন্দিনী আর মৌসুমী উঠে এসে জানলা দিয়ে বাইরে তাকায়। সত্যিই স্ট্রিটলাইটগুলো সবই জ্বলছে, আশেপাশের দু-একটা ফ্ল্যাটবাড়ি থেকেও মৃদু আলো ভেসে আসছে। শুধু এই ঘরের আলোটাই জ্বলছে না।

হঠাৎই একটা অস্বাভাবিক খিকখিক করে হাসি শুনে ওরা চমকে ওঠে। তাড়াতাড়ি পিছন ঘুরে দেখে ওরা সবাই উঠে জানলার কাছে এলেও রোশনি মাটিতে বসে বসেই সামনে পিছনে দুলতে শুরু করেছে। আর একটা ঘ্যাসঘ্যাসে গলায় খিকখিক করে হাসছে।

"এই রোশনি, তুই আবার এরকম করছিস কেন রে?" — বলতে বলতে এগিয়ে আসে মৌসুমী। হাঁটু গেড়ে বসে রোশনির মুখটা দেখার চেষ্টা করে ও। গুঁড়ো হলুদ দিয়ে আঁকা একটা সোজা ত্রিভুজ ও তার ওপর সিঁদুর দিয়ে আঁকা একটা উল্টো ত্রিভুজের ঠিক মাঝখানে কিছুটা জোর করেই বসানো হয়েছিল রোশনিকে। আর সোজা ত্রিভুজটির তিনটে শীর্ষবিন্দুতে বসেছিল বাকি তিনজন। হাতে ছিল একটা করে জ্বলন্ত মোমবাতি। ওয়েবসাইটে পাওয়া কী একটা অদ্ভুত মন্ত্র বলতে বলতে ওরা ডাকছিল অন্ধকারের রাজাকে।

"এই মৌ! শোন শোন! ঐ গানটা কিন্তু বন্ধ হয়ে গেছে রে!" — হঠাৎ করে কিছু মনে পড়ে গেছে এমন ভঙ্গিতে বলে শ্রীপর্ণা। ওয়েবসাইটটায় লেখা ছিল, এই খেলাটা খেলার

সময় বাজাতে হবে বিশেষ একটি গান। অনেক খুঁজে নেট থেকে সেটাও ডাউনলোড করেছিল নন্দিনী। কেমন একটা ঝিমঝিমে নেশা লাগানো সুরেলা গানটা বেজে চলেছিল শ্রীপর্ণার ফোনে। কিন্তু সেটা বন্ধ হয়ে গেলো কখন?

"নন্দিনী! কী যেন একটা লেখা ছিল সাইটে?" — চিন্তিত গলায় বলে ওঠে মৌসুমী। "গানটা যদি হঠাৎ করে বন্ধ হয়ে যায়, তাহলে যেন কী করতে হবে?"

"ফোনটাও তো বন্ধ হয়ে গেছে দেখছি।" — টেবিলের ওপর থেকে মোবাইলটা তুলে নেয় শ্রীপর্ণা। "আমার ফোনে তো ফুল চার্জ ছিল রে! এতো তাড়াতাড়ি তো বন্ধ হয়ে যাওয়ার কথা নয়। কী হল বল তো ব্যাপারটা?"

নন্দিনী এতক্ষণ চুপচাপ ওদের কথা শুনতে শুনতে কিছু একটা চিন্তা করছিলো। হঠাৎ ও বলে ওঠে, "আরে গানটা যদি বন্ধ হয়ে যায় তবে তখনই আমাদের ঘর থেকে বেরিয়ে যেতে হবে। এমনটাই তো লেখা ছিল রে।"

ওর কথা শুনে মৌসুমী আর শ্রীপর্ণা একসাথে বলে ওঠে, "তবে চল দেরি করছিস কেন? এই রোশনি উঠে আয় না এবার।"

রোশনি ওদের কথার কোনো উত্তর দেয় না। যেমন দুলতে দুলতে থিকথিক করে হাসছিলো, সেরকমই হাসতে থাকে। ওর দিকে ভালো করে তাকিয়ে মৌসুমীরা দেখতে পায়, কখন যেন ওর ক্লিপ দিয়ে আটকানো চুলগুলো খুলে ওর মুখটা ঢেকে দিয়েছে। রোশনি কিন্তু চুলগুলো সরানোর কোনো চেষ্টাই করছে না, ঐভাবেই বসে আছে।

"উফ এই রোশনি! এবার কিন্তু বাড়াবাড়ি হয়ে যাচ্ছে।" — বিরক্তিতে মুখটা কুঁচকে বলে ওঠে শ্রীপর্ণা। "রাত তিনটে বাজে, ঘুম পাচ্ছে ভীষণ এবার। কাল আবার কলেজ আছে। ওঠ না..." — বলতে বলতে শ্রীপর্ণা এগিয়ে এসে হাত ধরে টেনে রোশনিকে ওখান থেকে তুলতে চেষ্টা করে। কিন্তু রোশনির হাত ধরার পরেই ওর শিরদাঁড়া দিয়ে যেন একটা বরফের স্রোত নেমে যায়।

রোশনির হাত দুটো বরফের মত ঠান্ডা হয়ে গেছে। আর কেমন যেন ব্যাঙের চামড়ার মত পিচ্ছিল, ভিজে ভিজে। কোনো জীবিত মানুষের শরীর এরকম কী করে হতে পারে?

চমকে উঠে কয়েক পা পিছিয়ে আসে শ্রীপর্ণা। ওকে দেখে অবাক হয়ে যায় মৌসুমী আর নন্দিনী। "এই শ্রী! এরকম করছিস কেন রে? কী হল তোর আবার?" — নন্দিনীর প্রশ্নের কোনো উত্তর দিতে পারে না শ্রীপর্ণা। ও তখন ভয়ে ঠকঠক করে কাঁপতে শুরু করেছে।

ঠিক সেই সময় হঠাৎই মোমবাতির আলোগুলো দপদপ করে কাঁপতে শুরু করে দেয়। আর রোশনি অদ্ভুতভাবে মাথা ঝাঁকাতে শুরু করে। ওর থিকথিকে হাসিটা আরো তীব্র, তীক্ষ্ণ হতে হতে অট্টহাসিতে পরিণত হয়।

রোশনির এরকম অস্বাভাবিক কান্ড দেখে মনে মনে বেশ ভয় পেলেও নন্দিনী ফের চেঁচিয়ে ওঠে, "এই তোর কী হলো বল তো? অনেক হয়েছে রোশনি, এবার উঠে

আয় প্লিজ। নাহলে কিন্তু..." — কথাটা শেষ করতে পারে না নন্দিনী। কারণ রোশনি ততক্ষণে চার হাতে-পায়ে ভর দিয়ে উঠে দাঁড়িয়েছে। ওর মুখ থেকে চুলগুলো সরে গেছে। কাঁপা কাঁপা আলোতে এবার ওর মুখটা স্পষ্ট দেখতে পায় নন্দিনীরা।

একি? রোশনির মুখটা এরকম লম্বাটে হয়ে গেলো কী করে? ওর চোখদুটোও কেমন পচে যাওয়া লিচুর মত ঘোলাটে সাদা হয়ে গেছে। চোখের মণিদুটো উধাও। ঠোঁটের ফাঁক দিয়ে অসংখ্য সরু সরু ধারালো দাঁত দেখা যাচ্ছে। আর সাপের মত দুভাগে চেরা একটা জিভ লকলক করে বেরিয়ে আসছে। একটা বিচ্ছিরি পচা আঁশটে গন্ধে ঘরের বাতাস যেন ভারি হয়ে গেছে।

"ওটা...ওটা কী?" — শ্রীপর্ণা আর মৌসুমী ভয়ে কাঁপতে কাঁপতে নন্দিনীকে জড়িয়ে ধরে চিৎকার করে ওঠে। নন্দিনীও তীক্ষ্ণ দৃষ্টিতে রোশনির মুখের দিকে তাকিয়ে চমকে ওঠে। এরকমই একটা ছবি ঐ ওয়েবসাইটটায় দেওয়া ছিলো না? কী যেন... কী যেন নাম? নন্দিনী বিড়বিড় করে ওঠে, "অন্ধকারের রাজা!"

সেই জীবটা আস্তে আস্তে চার হাত-পায়ে ভর দিয়ে ওদের দিকে এগোতে থাকে। তার দু-চোখে চকচক করছে লোভ। আতঙ্কে পাগলের মত হয়ে গিয়ে ওরা দরজার দিকে দৌড়ে যায়। কিন্তু দরজা...দরজা কোথায়? এতবড় ঘরটার দরজা-জানলা সব যেন কোন মন্ত্রবলে হাওয়ায় মিলিয়ে গেছে। তিনটে মেয়ে বন্দি হয়ে গেছে চারটে নিরেট দেওয়ালের মাঝে এক নরকের অন্ধকূপে।

হঠাৎ কাঁপতে থাকা মোমবাতিগুলো ভীষণ জোরে দপদপ করে ওঠে। সেই আবছা আলোতেই নন্দিনী দেখতে পায় ওদের খুব কাছে এসে দাঁড়িয়ে লাফ মারার ভঙ্গিতে শরীরটাকে সামান্য পিছিয়ে নিলো ভয়ানক জীবটা। তখনই একসাথে সব মোমবাতিগুলো নিভে গিয়ে নিকষ অন্ধকারে ঢেকে গেলো গোটা ঘর। আর সেই অন্ধকারের মধ্যে থেকেই ভেসে এলো তিনটে নারীকণ্ঠের মরণপণ আর্তনাদ!

"কীরে? তোরা তিনমূর্তি এখানে বসে কী আলোচনা করছিস?" — পাশ দিয়ে যেতে যেতে বলে ওঠে সোহিনী, "আর রোশনি কোথায়? তাকে তো দেখছিনা?"

"রোশনির শরীরটা একটু খারাপ রে।" — একটা অদ্ভুত ঘ্যাষঘ্যাষে গলায় উত্তর দিল শ্রীপর্ণা।

"তুই শুনবি আমরা কি নিয়ে আলোচনা করছিলাম?" — ওর পাশ থেকে একইরকম গলায় বলে মৌসুমী।

"হ্যাঁ বল তো শুনি কী ব্যাপার তোদের? আর চেহারার কী হাল করেছিস রে? দেখে তো মনে হচ্ছে কেউ তোদের রক্ত চুষে খেয়েছে।" — ভ্রূ দুটো কুঁচকে বলে ওঠে সোহিনী।

শ্রীপর্ণা ঝুঁকে এসে ফিসফিস করে সোহিনীর কানে কানে কিছু একটা বলে। তাই শুনে সোহিনী প্রবল অবিশ্বাসের ভঙ্গিতে বলে ওঠে, "অন্ধকারের রাজা? সে আবার কে? গুল মারার আর জায়গা পাসনি?"

"আছে রে আছে।" — এবার মুখ খোলে নন্দিনী। "তুই দেখবি তাঁকে? বেশ তবে আজ রাতে আমাদের হোস্টেলে চলে আসিস। তবে হ্যাঁ, একা আসিস কিন্তু।"

সম্মতি জানিয়ে চলে যায় সোহিনী। যাওয়ার সময় যদি একবারও ও পিছন ঘুরে তাকাতো তবে দেখতে পেতো, তিনটে মেয়েরই চোখ দুটো আস্তে আস্তে বদলে যাচ্ছে। একটু একটু করে পচে যাওয়া লিচুর মত ঘোলাটে সাদা হয়ে যাচ্ছে ওদের চোখগুলো। আর চোখের মণি? সেটা হারিয়ে গেছে আগেই...।

৩

লেখিকা : সঞ্চারী ভট্টাচার্য্য

২

ভূত যখন বন্ধু

প্রতিদিনের মতো সেদিনও গৌতম বাবু এগারোটা ছয় এর শেষ ট্রেনে করে বাড়ি ফিরছিলেন। নিত্যদিনের ঘটনা এতো রাতে ট্রেনে গুটিকয়েক লোক আর মাঝে মাঝে হকারদের চিৎকার- "মাত্র দশ টাকা, মাত্র কুড়ি টাকা আর কিন্তু সময় নেই, পরের স্টেশনেই নেমে যাবো।" এইগুলো শুনতে শুনতে গৌতম বাবু অভ্যস্ত হয়ে পড়েছিলেন। তার কাছে এই গুলো আর বিরক্ত লাগে না। দেখতে দেখতে সময় এগারোটা বেজে ছত্রিশ মিনিট। ট্রেনটি তার গতি কমিয়ে মাতানিয়া অনন্তপুর স্টেশনে থামলো।

গৌতম বাবু ট্রেন থেকে নেমে, সাইকেলের গ্যারেজ থেকে নিজের সাইকেলটা নিয়ে বাড়ির পথে রওনা দিলেন। সময় এগারোটা পঁয়তাল্লিশ, আমাবস্যার রাত, চারিদিকে ধু ধু অন্ধকার। না দেখা যায় জনমানুষ আর না দেখা যায় রাস্তা। কিন্তু প্রতিদিনের যাতায়াতের ফলে গৌতম বাবুর আর বুঝতে অসুবিধা হয়নি এরপর কোন দিকে তাকে যেতে হবে। তার কাছে সবই যেনো আত্মস্থ। অন্ধকার তো শুধু একটা অজুহাত মাত্র। তবে মাঝে মাঝে শোনা যাচ্ছে কয়েকটি কুকুর ঘেউ ঘেউ করে চিৎকার।

তার বাড়ি যাওয়ার পথে মস্ত বড়ো এক তালগাছ। সেই তালতলা দিয়ে তার বাড়ি যেতে হয়। অন্যদিনের মতো সেদিনও গৌতম বাবু তালতলা দিয়ে বাড়ি যেতে গিয়ে দেখে, গাছের একটা ডালে সাদা শাড়ি পরে কে যেন বসে আছে! গৌতম বাবুর আর বুঝতে অসুবিধা হলো না। সে কে? তার নাম কেতুলতা। তবে সে মানুষ নয়, সে এক পেত্নী। বেশ কয়েক মাস আগে এমনই এক অমাবস্যার রাতে গৌতম বাবুর সাথে তার পরিচয়। তবেই সেদিন গৌতম বাবুর মনে, আজকের দিনের মতো এতটা সাহস ছিলো না। কিন্তু আজ দেখো এই পেত্নীর সঙ্গে তার কতো ভাব!

মাস দুই-এক আগের সেই রাতে গৌতম বাবু আনমনে কালী কথা গাইতে গাইতে বাড়ি ফিরছিলেন। হঠাৎ কে যেনো ভ্যাঁ ভ্যাঁ করে কাঁদতে কাঁদতে বলছেন- "আমার তো এখনো মরার বয়স হয়নি! তাহলে কেনো মেরে ফেললে তোমরা আমাকে। কিন্তু ওই যে

বলেনা- "জন্ম, মৃত্যু ও বিয়ে তিন বিধাতা নিয়ে।" কে খন্ডায় সেই বিধাতার বিধান। সেই দিনেই হয়তো কেতুলতার মৃত্যু লেখা ছিলো।

তাই হয়তো তার মৃত্যু হলো। গৌতম বাবুর কানে এইসব শব্দ আসাতে সে যেনো ক্রমশ তার সাহস হারিয়ে ফেলছিলেন এবং দুর্বল হয়ে পড়ছিলো। তখন সে ঈশ্বরের নাম স্মরণ করতে লাগলেন। যাতে ঈশ্বর এই যাত্রায় এসে তাকে রক্ষা করেন। কিন্তু বাংলা প্রবাদে ওই যে একটা কথা আছে না -"কার সাথে কার দেখা হবে সেটা সবই ঠিক করা থাকে।" গৌতম বাবুর হয়তো সেইদিন সেই পেল্লীর সঙ্গে দেখা হওয়ার কথা ছিল।

পেল্লী ক্রমশ্য তার হাত-পা নাড়াতে লাগলেন এবং তার মুন্ডটা খুলে হাতে নিয়ে আবার গলায় ধরলেন। আর বললেন, মশাই ভয় পাওয়ার দরকার নেই! আমি আপনার কোনো ক্ষতি করবো না। আমি আপনার একজন ভালো বন্ধু হতে চাই। ভয় পাবেন না আমাকে। তবুও গৌতমবাবুর বুক ধড়াস ধড়াস যেনো বন্ধই হচ্ছে না। বুকটা তার আরো বেশি করে কাঁপছে পেল্লীর মুখ থেকে এসব কথা শুনে। গৌতম বাবু ভয়ে কম্পিত গলায় বললেন-

আমি আর আপনি বন্ধু!

পেল্লী উত্তরে বললেন- হ্যাঁ আমি আর আপনি বন্ধু।

আমি আপনার কোনো ক্ষতি করবো না। বড়ো একা হয়ে পরেছি মশাই। ওই যে অল্প বয়সে তারা আমাকে মেরে ফেললো তাই তো সভ্য ভূতের দল আমাকে জায়গা দিলো না তাদের মধ্যে।

এবার বলুন তো মশাই, আমি কোথায় যাবো?

এই নিঃসঙ্গতা যে আমার আর সহ্য হচ্ছে না।

গৌতম বাবু যতো এইসব কথা শুনছে ততো বেশি করে তার বুকটা কাঁপছে।

এই বুঝি প্রাণ গেলো... গেলো ভাব অনুভূতি হচ্ছে।

আবার সেই পেল্লীটা বলে উঠলো ভয় পাবেন না মশাই! আমি জানি আপনি আমার একজন ভালো বন্ধু হতে পারবেন এবং আমার এই দশা থেকে আপনিই একমাত্র আমাকে মুক্ত করতে পারবেন।

গৌতম বাবু অবাক হয়ে বলে উঠলেন কেমন করে?

উত্তরে পেল্লী জানালো সভ্য ভূতের দল আমাকে বলেছে, আমার শেষকার্য যদি সুন্দরভাবে সম্পূর্ণ হয় তাহলে আমি অশুদ্ধ আত্মা থেকে শুদ্ধ আত্মায় পরিণত হবো। তখন সভ্য ভূতের দল তারা আমাকে তাদের দলে অন্তর্ভুক্ত করবেন। কিন্তু দেখুন আমার পরিবারে এমন কেউ নেই যে, আমার মৃত দেহটিকে শেষ কার্য করবে। তাই আপনার কাছে আমার অনুরোধ আপনি আমার দেহটিকে শেষকার্য করুন।

গৌতম বাবু তার কথা শুনে থতমত খেয়ে বললেন, আচ্ছা বেশ। আমি আপনার এই ইচ্ছাটিকে পূরণ করবো।

তারপরের দিন সকালবেলা গৌতম বাবু কেতুলতার বাড়িতে গেলেন। বাড়িটাও তার এমন এক নিরিবিলি জায়গায় যেখানে কেউ যায় না। দরজা খুলে দেখলেন কেতুলতার কঙ্কালটি মেঝেতে পড়ে আছে। গৌতম বাবু আরও তিনজন লোক ডাকিয়ে কেতুলতার কঙ্কালটিকে বাঁশের দোলনাই করে শ্মশানে নিয়ে গেলেন। তারপর চিতায় হাড়গুলো পুড়িয়ে দিলেন। তারপর গঙ্গার ধারে শ্রাদ্ধ করলেন কেতুলতার আত্মার শান্তির জন্য।

এইবার কেতুলতার অশুভ আত্মা শুভ আত্মাতে পরিণত হলো। কেতুলতা গৌতম বাবুকে অসংখ্য ধন্যবাদ জানালেন। এবং গৌতমবাবুর বিশ্বস্ত বন্ধু হওয়ার কথা দিলেন। কোনোদিন কোনো বিপদে পড়লে শুধুমাত্র একবার তাকে স্মরণ করার নির্দেশ দিলেন। সে যেখানেই থাকুক না কেনো গৌতম বাবুকে সে রক্ষা করবেন। গৌতম বাবু এই কথাতে রাজি হয়ে তার বন্ধু হলেন। এরপর প্রতিদিনই প্রায় পেন্নীর সঙ্গে গৌতমবাবু দেখা হতো বাড়ি যাওয়ার পথে এই তালতলায়। পেন্নী আজও গৌতম বাবুকে তার বন্ধু হিসেবে মানেন। এবং সর্বদা গৌতমবাবুর পাশেই থাকেন।

গৌতম বাবুর বয়স খুব একটা বেশি নয়। সাতাশ কিংবা আঠাশ বছর হবে হয়তো! যেমন পরিষ্কার, ঠিক তেমন সুন্দর দেখতে। মাথার চুলগুলো কোকড়ানো, চোখে যেনো এক অদ্ভুত মায়া আর পেশায় অফিসারের এক কর্মচারী। আর সেই কর্মক্ষেত্র থেকেই গৌতম বাবু রোজ এগারোটা ছয় এর শেষ ট্রেনে করে বাড়ি ফেরেন। বাড়ি ফেরার পথে মাঝে মাঝে কেতুলতার সঙ্গে দেখা হয় তার। এবং তাদের মধ্যে নানান আলাপচারিতা চলতে থাকে। এখন দুজনেই প্রায় ভালো ঘনিষ্ঠ সম্পর্কে আবদ্ধ হয়ে গেছে। গৌতমবাবু কে বেশ পছন্দ করেন কেতুলতা। ঠিক তেমনি গৌতম বাবুও কেতুলতাকে পছন্দ করেন। কিন্তু অসম্ভব হয়ে গেল তাদের মিলন কখনো সম্ভব নয় কেননা কেতুলতা ছিলো অশরীরী এবং গৌতম বাবু ছিলেন শরীর বিশিষ্ট। তাদের এই প্রেমের সম্পর্কের হয়তো মিলন হতে পারে তবে সেটা ইহোলোকে নয় পরলোকে। এভাবেই যতো দিন বাড়তে থাকে তাদের মধ্যে সম্পর্কের প্রগাঢ়তা পূর্বের তুলনায় আরো বহুগুণ বৃদ্ধি পেতে শুরু করে। কিন্তু তাদের এই প্রেমের কাহিনী হয়তো অপূর্ণই থেকে যাবে এই ভাবনা দুজনের মধ্যেই কাজ করে। কিন্তু তারাও হার মানার পাত্র নয় তারা ক্রমশ অসম্ভবকে সম্ভব করার জন্য উদগ্রীব।

ভূত রাজ্যের রাণীর সঙ্গে কেতুলতা কথা বলেন। সে যাতে আবার মানব জীবন ফিরে পান সে বিষয়ে। কিন্তু রানি এই কথাটাকে শুনে বড্ডো বেশি রেগে গেলেন কেতুলতার উপর। সে তাকে একটাই প্রশ্ন করেছিলো, ভূত হয়ে মানুষ হওয়ার ইচ্ছা জাগলো কেনো আবার? তার উত্তরে কেতুলতা জানিয়েছিলো সে এক মানুষকে অনেক বেশি ভালবাসেন। এই কথা শুনে ভূত রানীও যেন তার প্রতি সহানুভূতি হয়ে বলেছিলো সম্ভব কিন্তু এটা অনেক জটিল ব্যাপার। তুই কি পারবি? এই জটিল ব্যাপার কে সহজ করতে। কেতুলতা তো এক পা-ই রাজি। কেতুলতা বলে যে, সে সব অসম্ভবকে সম্ভব

করতে রাজি, তার শুধু গৌতম বাবুকে চাই। তারপর ভূত রানী বললেন যে, কোনো এক আমাবস্যা রাতে শ্মশানে কোনো এক নারীর মৃতদেহকে দাহ করার জন্য নিয়ে আসলে তোকে সেই নারীর মৃতদেহের শরীরে প্রবেশ করতে হবে। তবে এক্ষেত্রে সাবধান সেই পরিবারকে কোনো ক্ষতি করা যাবেনা। ভালোভাবে বুঝিয়ে তোকে সেই মৃতদেহের শরীরে প্রবেশ করতে হবে। আর তোর এই চেহারা তুই ফিরে পাবি না। তবে তোর বয়স যেমন আছে ঠিক তেমনি হয়ে যাবে। রানীর মুখ থেকে কেতুলতা এসব কথা শোনার পর কিছুটা খুশি হলেও তার সঙ্গে তার মুখে দুঃখের চিহ্ন প্রকট হয়ে ওঠে। এটা ভেবে কোনো পরিবার তাকে কেনো দেবে তাদের সেই মৃত দেহটি? কি বলবে সে? আর কি করবে সে? সে যতই এই সব ভাবতে থাকে ততো বেশি তার মনে হতাশা বাসা বাঁধতে থাকে।

পরের দিন রাত্রিবেলাতে গৌতম বাবুর সঙ্গে দেখা হলে সে এসব বিষয়ে জানান গৌতম বাবুকে। গৌতম বাবুও মন দিয়ে পুরো কাহিনীটা শোনেন। গৌতম বাবু কেতুলতাকে আশ্বাস প্রদান করে, সে বিষয়টি দেখবে। তারপর থেকে অমাবস্যার রাতে গৌতম বাবু শ্মশানে যেতে শুরু করে কোনো মৃতদেহকে দাহ করা হচ্ছে কিনা সেটা দেখতে। কিন্তু দুর্ভাগ্যের বিষয় একের পর এক অমাবস্যার রাত কেটে গেলও কাউকেও শ্মশানে দেখা যায় না। এভাবেই দেখতে দেখতে প্রায় সাত মাস কেটে গেলো তারা ক্রমশ আশা হারাতে শুরু করলো। আর মনে মনে ভাবতে শুরু করল তাদের বুঝি আর মিলন হবে না কোনোদিন। তবুও গৌতম বাবু এখনো অমাবস্যার রাত গুলিতে শ্মশানে যান শুধুমাত্র কেতুলতাকে ফিরে পাওয়ার জন্য। এভাবেই এক অমাবস্যা রাত, গৌতম বাবুর জীবনে সুখের দিন বয়ে নিয়ে আসলো। প্রায় ৮ মাস পর আমাবস্যার এক রাতে শ্মশানে গিয়ে দেখেন শ্মশানে এক দল লোক মৃতদেহকে দাহ করতে এনেছে। কিন্তু দুর্ভাগ্যের ব্যাপার সেটা কোনো নারীর শরীর নয় সেটা ছিলো একটা পুরুষের তাই সেই দিনটাও গৌতম বাবুর জীবনে আর সুখের দিন না হয়ে বিষাদের দিন হয়েই থেকে গেলো।

তাও গৌতম বাবু কোনোমতে হাল ছাড়বার পাত্র নয়। প্রায় প্রতিটি আমাবস্যায় তিনি শ্মশানে যেতেন। কিন্তু কাউকেও দেখতে পেতেন না। টানা এক বছর প্রতিটা অমাবস্যার রাতে গৌতম বাবুকে শ্মশানে দেখা গেছে। শেষে একদিন সত্যিই গৌতম বাবুর জীবনে সুখের দিন এলো। সেদিনের অমাবস্যা রাতে এক মেয়ের মৃতদেহকে দাহ করবার জন্য কিছু লোক এসেছে। মেয়েটির বয়স খুব একটা বেশি নয় চব্বিশ কিংবা পঁচিশ বছর হবে হয়তো! হৃদরোগে আক্রান্ত হয়ে অল্প বয়সে নিজের প্রাণটি হারায়। দেখতেও মন্দ নয়, শ্যামলা বর্ণের, ঘন কালো চুল, খুব সুন্দর দেখতে মেয়েটি।

গৌতম বাবু তাদের সকলের কাছে অনুরোধ জানালো তারা যেনো এই মৃতদেহটি তাকে দিয়ে দেয় কিন্তু বাড়ির লোক দিতে নারাজ। কে আপনি? কোনো দেবো আপনাকে আমরা এই দেহটি? কি করবেন আপনি এই দেহটি? এই রকম নানান প্রশ্ন উঠতে থাকে। গৌতম বাবু তাদের পায়ে পড়েন শুধুমাত্র মৃতদেহটি নেওয়ার জন্য। কিন্তু কোনো

মতেই তারা রাজি নন তাদের সেই মৃতদেহটিকে গৌতম বাবুর হাতে তুলে দিতে। নিরুপায় গৌতম বাবু তখন তাদেরকে পুরো বিষয়টি জানান। তাদের সাহায্য প্রার্থনা করেন, তারা যদি সাহায্য না করেন তাহলে তাদের এই ভালোবাসা কখনোই পূর্ণতা পাবে না। তবুও তাদের মুখে অসঙ্কচের চিহ্ন। বারবার গৌতম বাবু তাদের কাছে অনুরোধ জানান, পায়ে পড়েন এই উপকারটি করার জন্য। শেষ পর্যন্ত তারা অনেক ভেবে মৃতদেহটিকে গৌতম বাবুর হাতে তুলে দিতে রাজি হন।

সেই মুহূর্তেই কেতুলতা সেই মৃতদেহটির মধ্যে প্রবেশ করেন। এবং কিছুক্ষণের মধ্যেই সেই মৃতদেহটি নড়তে শুরু করে এবং উঠে দাঁড়ায় সবাই তো অবাক! এ কি দেখছে তারা! একি হচ্ছে! তারা ক্রমশ তাদের জ্ঞান হারিয়ে ফেলছে।

কেতুলতার তাহলে আবার নতুনভাবে জন্ম হলো। চেহারা কেতুলতার পূর্বের মতো না হলেও বয়স পূর্বের বয়সী হয়ে যায়। কেতুলতা ও গৌতম বাবু দুজনেই তো খুব খুশি। পূর্ণতা পেল তাদের এই প্রেম কাহিনী।

সেই রাতে গৌতম বাবু কেতুলতাকে সঙ্গে নিয়ে তার বাড়ির উদ্দেশ্যে রওনা হলেন। রাত্রি তখন প্রায় একটা তিরিশ। গৌতম বাবু বাড়িতে এসে দরজায় নাড়া দিলেন। গৌতম বাবুর মা এসে দরজা খুললেন। খুলে দেখলেন, তার ছেলে গৌতম আর একজন মেয়ে। গৌতম বাবুর মায়ের হয়তো বুঝতে অসুবিধা হয়নি মেয়েটি কে? কেননা বাড়িতে প্রায় রোজই তার মায়ের সাথে গৌতম বাবু এই বিষয়ে আলোচনা করতেন। গৌতম বাবুর মা অবলা দেবী কোনোদিনই ছেলের ভালোবাসার ব্যাপারটিকে অসমর্থন করেননি। অবলা দেবী বলে উঠলেন বৌমা নিয়ে এলে তাহলে খোকা? একটু দাঁড়া খোকা। আমি বরণডালা সাজিয়ে নিয়ে আসি। তারপর অবলা দেবী ছেলে ও ছেলের বউকে বরণ করে ঘরে তুললেন। তবে ছেলে ও বউকে সেদিন বরণ করে ঘরে তুললেও তার কিছুদিন পর শাস্ত্রমতে তাদেরকে বৈবাহিক সম্পর্কে আবদ্ধ করলেন। তারপর গৌতম বাবু আর কেতুলতা সুখে ও শান্তিতে সংসার করতে লাগলেন।

৩

লেখক : বিশ্বজিৎ দাস (ময়ূর)

3

মায়াপুরী

(১)

সেদিন ছিল প্রচণ্ড ঝড়বৃষ্টির রাত। মেঘ ছিল ঘন অন্ধকারে ভরা। চারিদিকে গাছপালারা মনে হচ্ছিল হাওয়ায় নাচ করছে। চারিদিকে গা ছমছম করা পরিবেশ। একজন তরুণ নাম নীরু, রিক্সা তে করে আসছিল। একসময় রিক্সা মাঝ রাস্তায় এসে থেমে গেল। তখনও তার বাড়ি অনেক দূরে। নীরু পেশায় একজন স্টুডেন্ট। তার বাড়ি কোতুর গ্রামে। তার বয়স ছিল কুড়ি-একুশ বছরের কাছাকাছি। সে ছিল একজন অসম্ভব সাহসী।

সে ওই রিক্সা কাকু কে জিজ্ঞেস করল- কি হলো? এই মাঝরাস্তায় থেমে গেলে যে, বাড়ি এখন অনেক দূরে আমার।

রিক্সা কাকু বলল- আমি কি ইচ্ছে করে থামিয়েছি? রিক্সা খারাপ হয়ে গেছে, আর এগোবে না। তোমাকে হেঁটে কিছুটা যেতে হবে, তারপর সেখানে বাসস্ট্যান্ড। তুমি বাসে করে চলে যেও। এখন তো সবে সাড়ে ছটা বাজছে, তুমি বাস পেয়ে যাবে।

তারপর নীরু রিক্সা থেকে নেমে বাসস্ট্যান্ডের উদ্দেশ্যে রওনা দিল। হঠাৎ পিছন থেকে রিক্সা কাকু ডাকল।

নীরু রিক্সা কাকু কে জিজ্ঞেস করল- কি হলো কাকু?

রিক্সা কাকু বলল- তুমি বাসস্ট্যান্ড সংলগ্ন এলাকায় একটি মায়াপুরী নামের বাংলো দেখতে পাবে। কিন্তু ভুলেও ওইখানে থামবে না।

নীরু বলল- কেন কাকু, কি আছে সেখানে? ডাকাত?

রিক্সা কাকু বলল- তার থেকেও ভয়ংকর। ডাকাত কে তো সবসময় দেখা যায়। কিন্তু এ তো এক ভয়ংকর প্রেতাত্মা। একবার মানুষ দেখতে পেলে তার শরীরের সব রক্ত খেয়ে শেষ করে দেয়।

নীরু মজার ছলে বলল- শুধুই খাই নাকি স্ত্র দিয়ে খায়? এই বলে সে হাসতে লাগল। আর বলল যাকে দেখায় যায় না, সে আবার রক্ত খাবে, কত সখ তার!

রিক্সা কাকু বলল- আমার তোমাকে সাবধান করার কর্তব্য ছিল, তাই আমি বললাম। এবার বিশ্বাস করা বা না সবই তোমার উপর।

নীরু বলল- আচ্ছা, বেশ। তাহলে এখন আমি আসি। এইবলে সে হাঁটা শুরু করল। হাঁটতে হাঁটতে তার একসময় এক অদ্ভুত মানুষের সঙ্গে দেখা হলো। মানুষটি দেখতে পাগলের মত। তার চুল-দাড়ি উস্ক-খুস্ক, সে গায়ে ছেঁড়া কাপড় দিয়েছে। সে একবার করে হাসছে আর কাঁদছে মায়া পুরীর গেটের গোড়াতে। সে নীরুকে দেখতে পেয়ে তেড়ে এলো এবং বলল- "কেন এসেছিস এই রাস্তায়? তুই কি মরতে চাস? যা চলে যা বলছি, চলে যা। ও সবাইকে মেরে ফেলবে।" এই বলতে বলতে সে চলে গেল। এবার নীরু মনস্থির করল, সে এই মায়া পুরীর রহস্য জেনেই ছাড়বে।

(২)

নীরু এরপর মায়াপুরীর গেট ধীরে ধীরে খুলল। হঠাৎ আকাশ থেকে বিদ্যুৎ এর ঝলকানি পড়তে লাগলো। বাতাস আরো জোরে বইতে লাগলো। বৃষ্টি আরো জোরে পড়তে লাগলো। চারিদিকে বিড়াল এর অস্থির করা আওয়াজ। গেট গুলো আপনি খুলছে আর বন্ধ হচ্ছে। মনে হয় কেউ যেন তাকে আগে থেকেই সাবধান করছে আর চলে যেতে বলছে।কিন্তু নীরু এক সাহসী ছেলে। সে মায়াপুরীর আসল রহস্য জেনেই তবেই ছাড়বে। নীরু এরপর মায়াপুরীর ভেতরে গেল। ভেতরে গিয়ে দেখল ভেতরের ঘরের লাইট জ্বলছে। সে জিজ্ঞেস করল, "এখানে কেউ আছেন?" কিন্তু কোন উত্তর এলো না। কিন্তু মনে হল কেউ যেন পেছন দিকে পেরিয়ে গেল। সে পিছু ফিরে আবার জিজ্ঞেস করল "কেউ আছেন এখানে? প্লিজ উত্তর দিন। কিন্তু চারিদিকে ভয়ঙ্কর নিস্তব্ধতা। গা ছমছম করা একটা ব্যাপার। কিন্তু নীরু এগিয়ে চলল। তার হঠাৎ মনে হল যে উপরের রুমে কেউ আছে। সে সেই রুমের চৌকাঠে দেখল, কেউ যেন লাল রং-এ লিখে রেখেছে, "তুই এখানে এসে ভাল করিস নি। চলে যা এখান থেকে। নাহলে আমি তোর ঘাড় মটকে দেব।" নীরু এটাকে সেই পাগলের কাজ ভাবল। তারপর সে সেই রুমে ঢুকে দেখতে পেল, কারো পায়ের ছাপ, সেগুলো দেওয়াল দিয়ে শিলিং-এ চলে গেছে। এখন নীরুর বিশ্বাস হল এখানে কোন এক অদৃশ্য শক্তি রয়েছে। তারপর নীরু আবার নীচে চলে গেল। সেখানে গিয়ে দেখল রান্না ঘরের ভেতর কেউ রান্না ঘরে গান গাইছে। কেউ কিছু রান্না করছে। নীরুর বেশ খিদেও পেয়েছিল।ভাবল ভালোই হয়েছে। একটা লোক পেয়েছি। খেতে খেতে গল্পও করা যাবে। তারপর সে রান্নাঘরের দিকে গেল। দেখল একটা মেয়ে মাথায় ঘোমটা দিয়ে রান্না করছে।

নীরু কাছে গিয়ে জিজ্ঞেস করল- আপনি কে? এখানে কাজ করেন নাকি?

সেই অদ্ভুত রকমের হেসে বলল- আমি? আমি তুহিমা গো তুহিমা। এই মায়াপুরীতে অনেক বছর ধরে কাজ করতেছি।

নীরু বলল- বেশ। আচ্ছা এই মায়াপুরীতে শুনেছি ভুত আছে। আপনি কি সেই ভুতকে কোনদিন দেখেছেন।

সেই তুহিমা কেমন যেন থমকে গেল, তারপর বলল - কই না তো? আপনি ভুতের ভয় পান নাকি?

নীরু বলল- না, না, আমি তো বিশ্বাসই করি না ওই লোকের মুখে শুনছিলাম।

তুহিমা বলল- বেশ, অনেক হয়েছে। এবার খেয়ে নিন। আর ঘুমিয়ে পড়ুন।

নীরু ঘোমটার আড়ালে মুখটি দেখার চেষ্টা করল কিন্তু ব্যর্থ হল। এরপর সে খেয়ে ঘুমাতে যাবে এমন সময় লক্ষ্য করে ওই ঘোমটা দেওয়া মেয়েটি পায়ের নুপুর এর আওয়াজ করতে করতে বাইরে চলে গেল। সারা বাংলো ছন ছন শব্দে ভরে গেল। আর সে গান গাইতে লাগলো - "মেরে ঢোলনা শোন, মেরে পেয়ার কি ধুন..." নীরু গানটি অনুসরণ করে তার পেছনে চলতে লাগল। তারপর সে দেখল মেয়েটা কাঁদতে শুরু করেছে।

সে তার কাছে গিয়ে জিজ্ঞেস করল- কি হলো? আপনি কাঁদছেন কেন?

সেই তুহিমা মেয়েটি বলল- আপনি এখানে কি করছেন। চলে যান এখান থেকে। নইলে আপনাকে মরতে হবে। চলে যান বলছি, চলে যান।

নীরু বলল- না, আমি আপনার ও এই মায়াপুরীর রহস্য জেনেই তবেই ছাড়ব। এই মায়াপুরী আসলে কি?

এই কথা বলা মাত্রই চারদিক কালো মেঘে ছেয়ে গেল। বাতাস জোরে জোরে বইতে লাগলো। ঘড়ির কাঁটা বারোর ঘর ছুঁলো। চারিদিকে শেয়ালের ডাকে ভরে গেল। সেই তুহিমা নামক মেয়েটি অট্টহাসি দিতে লাগলো। কেমন যেন একটা ভয়ঙ্কর হাসি। এই হাসি হল এক প্রেত হাসি।

নীরু একটু ঘাবড়ে গেল, তাও সাহসের সঙ্গে জিজ্ঞেস করল- কে আপনি? আপনার ঘোমটা সরিয়ে পরিচয় দিন।

তুহিমা হাসতে হাসতে বলল- এই নাও তাহলে দেখো, আমি কে? আমার পরিচয় জেনেই নিন তবে।

তারপর তার ঘোমটা বাতাসে সরে গেল। তার সেই রক্তমাখা হাড়হিম করা চেহারা বেরিয়ে এল। তারপর সে তার চারপাশে উড়তে লাগলো।

নীরু একটু ভয় পেয়ে জিজ্ঞেস করল- আসলে কে তুমি? আর কি এই মায়াপুরীর অজানা রহস্য।

সেই প্রেতাত্মা বললো- তুই তো দেখি বড়ই সাহসী। তুই আমাকে প্রশ্ন করিস? আচ্ছা বেশ শোন তবে। সে এবার তার কাহিনী শোনাতে শুরু করলো। এখন থেকে প্রায় ১২ বছর আগে মায়াপুরী নামের এক বিশাল বাংলো বাড়ি ছিল। চারিদিকে ফুল গাছ,

ফল গাছে ভরা ছিল। বাড়ির ঠিক মাঝখানে একটা পুকুর ছিল। এখানে বসবাস করতেন এক বিশাল বড়লোক পরিবার সেই পরিবারে বাস করত বাবা, মা ও তার এক মেয়ে। নাম সীমা। আর তার বন্ধু ছিলাম আমি। আমি একজন কে ভালোবাসতাম, নাম রজত। একদিন জানতে পারি রজত সীমাকে ভালোবাসি। আমি রজত কে জিজ্ঞেস করলাম এইসব ব্যাপারে। কিন্তু সেদিন সীমা আমায় রজতের সাথে দেখে ফেলে। আর যেহেতু ওরা খুব বড়ো ছিল, তাই সীমা হিংসাত্মক হয় আমার মুখে ছুরি দিয়ে আঘাত করতে করতে রক্তাক্ত করে দেই। আমি যন্ত্রনায় কাতরাতে কাতরাতে মারা যাই। যাতে কেউ জানতেও পারে না, সে কারণে আমায় এই মায়াপুরীতে কবর দেয়। তারপর থেকে আমি এইখানে প্রেত হয়ে ঘুরে বেড়াই।

নীরু বলল- তাহলে সীমা আর ওর পরিবারের কি হলো?

প্রেতাত্মা বলে- যেমন কর্ম তেমন ফল পেয়েছে সে। রজত ওকে শুধু টাকার জন্যে ভালোবাসত। এই কথা জানার পর সে তাকে আর বিয়ে করতে রাজি হয়নি। তাই রজত ওর সম্পত্তি না পেয়ে হিংস্র হয়ে ওঠে ও তাকে মেরে ফেলে এবং সে তার পরিবারের সদস্যদের মেরে সব সম্পত্তি নিজের নামে করে নেয়।

নীরু বলে- আপনি কেন শাস্তি দিচ্ছেন না তাকে।

প্রেতাত্মা বলল- আমি এখান থেকে যেতে পারবোনা। তুই যদি ওকে আমার কাছে এনে দিতে পারিস, তাহলে আমিও তোকে মুক্ত করব। এবং রজত কে শাস্তি দেব। তবেই আমার আত্মা শান্তি পাবে।

নীরু বলল- বেশ, তাই হোক তাহলে। রজত এখন কোথায় আছে, আপনি কি জানেন?

প্রেতাত্মা বলল- ওই যে ডাবডিহি কাছে ওর জমিদারী।

নীরু বলল- আচ্ছা, ঠিক আছে।

(৩)

তারপর দিন সকালে সে যথারীতি রজতের জমিদারী ডাবডিহির উদ্দেশ্যে রওনা দিল। সে ভাবল এই পোশাক এ যাওয়া সম্ভব নয়। তাই সে এক বিরাট জমিদারের ছদ্মবেশ ধারণ করে। সে তারপর ডাবডিহি গিয়ে দেখল রজতের বিশাল বাংলো বাড়ি, চার চাকা গাড়ি, সোনায় মোড়া তার চেয়ার টেবিল। সে ভাবল লোকজন মেরে রজতের এত সম্পত্তি। কিন্তু আজকে তার শেষ দিন। তারপর সে রজতের দেখা পেল। বিরাট শরীরের এক লোক, সুন্দর দেখতে। গায়ের রং ফর্সা।

নীরু রজতের কাছে গিয়ে বলল- মাইসেলফ রঙিন। আমি রঘুগড়ের জমিদার। আমি একটি খুব জরুরী কাজে এসেছি এখানে।

রজত বলল- বলুন, কি বলবেন আপনি।

নীরু বলল- আপনাকে একটিবার মায়াপুরী যেতে হবে।

রজত মায়াপুরীর নাম শুনে ঘামতে লাগলেন। মনে হচ্ছিল ওর ভয়ঙ্কর অতীত ওকে তাড়া করছে।

এরপর সে ঘাম মুছে বলল- না, না, এখন আমার পক্ষে ওখানে যাওয়া সম্ভব নয় একটা বিশেষ কাজের কারণে।

কিন্তু নীরু ওর দুর্বলতা বেশ ভালোভাবেই জানতো।

নীরু ওর কানের গোড়াতে গিয়ে বলল- ঐখানে হিরের এক মস্ত খনি রয়েছে।

এই কথা শুনে রজতের লোভ তার ভয়কে ছাপিয়ে যায় এবং সে নীরুর সাথে যেতে প্রস্তুত হয়।

তারপর তারা সেই মায়াপুরীতে পৌঁছায়, তখন ঠিক সাড়ে সাতটা বাজে। চারিদিকে ঘন অন্ধকার হাতছানি দিচ্ছে।

নীরু ও রজত ওই পুকুরের পাড়ে গিয়ে দাঁড়াল।

নীরু বলল- কিহে রজত, কিছু মনে পড়ে?

রজত বলল- মানে?

নীরু বলল- মানে তুমি সম্পত্তির লোভে আগে সীমাকে দিয়ে মহিমাকে মেরেছ। তারপর তুমি সীমাকে মেরে দিয়েছ! তোকে তুমি বলে কথা বলে, তুমি শব্দের অপমান করেছি। তোর মতো একটি জানোয়ার এর এই পৃথিবীতে কোনো স্থান নেই।

রজত বলল- তুই কে? আর তোর আমাকে জানোয়ার বলার সাহস হলো কি করে! আমি কে তুই জানিস?

নীরু বলল- আমি কোন জমিদার রঙিন নই, আমি আসলে নীরু, একজন স্টুডেন্ট। আমি শুধু তোকে এখানে নিয়ে আসার জন্য এই জমিদারীর নাটক করছিলাম। আর তুই তো এক আস্ত জানোয়ার, যে সম্পত্তির লোভে এক বান্ধবীকে দিয়ে, আরেক বান্ধবী কে খুন করিয়েছ। তোকে নতুন করে চেনার দরকার নেই।

রজত এবার রেগে গিয়ে নিজের পকেট থেকে বন্দুক বের করে বলল- এবার তোকেও মরতে হবে।

নীরু হেসে বলল- না, আমি না, এবার তুই মরবি।

হঠাৎ চারিদিক অন্ধকার এ ছেয়ে গেল। চারিদিকে এক হাসির ঝলকানি বিদ্যুৎ এর মতো কাছে আসতে লাগলো। কুকুরের কান্নায় চারিদিক ভরে গেছে। হঠাৎ এক মেয়ে মূর্তি ঘোমটা দিয়ে সামনে এল।

রজত ভয় মিশ্রিত কর্ণ্ঠে বলল- কে তুই? ঘোমটা সরিয়ে পরিচয় দে। নাহলে গুলি করে দেব।

সেই প্রেতাত্মা বলল- আমি তো মৃত। মৃতকে আর তুই কেমন করে মারবি? তারপর সে তার ঘোমটা সরিয়ে তার ভয়ঙ্কর রক্তমাখা বিকৃত মুখে বলে উঠল, "আমি তুহিমা, চিনতে পারছিস না?" হা, হা, হা, হা করে সে হেসে উঠলো।

তারপর রজত ভয় মিশ্রিত কণ্ঠে বলল- তুমি, তুমি এখানে কি করছ? তার হাত থেকে বন্দুক পড়ে গেল। সে পালাতে চাইল।

প্রেতাত্মা বলল- আমি আজ তোকে কিছুতেই ছাড়বো না।

এই বলে সে রজত কে হাওয়ায় উড়িয়ে দিয়ে তাকে ওই বাড়ির ছাদের একটি রডের ওপর শুইয়ে দিল। ধিরে ধিরে কাতরাতে কাতরাতে রজতের মৃত্যু ঘটল।

তারপর সেই প্রেতাত্মা নীরু কে ধন্যবাদ জানিয়ে বলল- আজ থেকে এ সম্পত্তির মালিক তুই। আমার কবর থেকে আমার দেহ তুলে গঙ্গায় বিসর্জন দিস। এই বলে সে চলে গেল। পরদিন সকালে নীরু ওই আত্মার কথামত কাজ করে। তার দেহ নদীর জলে ভাসিয়ে দেয় কিন্তু মায়াপুরী নিজের নামে না করে অনাথ আশ্রমের উদ্দেশ্যে দান করে বাড়ির দিকে রওনা হয় আর ওই প্রেতাত্মা তার এই কাজে খুশি হয় ও চিরমুক্তি লাভ করে।

৺

লেখক : প্রিয়নাথ কর্মকার

4

গুপ্তধনের খোঁজে

প্রায় এক সপ্তাহ কেটে গেল কিন্তু তবুও পল্লবের দেখা মিলল না। কৌশিক ও মলয় ওরা দুজনে মিলে পল্লবের খোঁজ নিয়ে জানতে পেরেছে যে পল্লব ওর মামার বাড়িতে গেছে। পল্লব বলেছিল যে তিন চারদিন পরেই ও আবার ফিরে আসবে কিন্তু আজ প্রায় এক সপ্তাহ হতে চলল কিন্তু এখনো ফিরল না। কৌশিক, মলয় ও পল্লব ওরা তিনজন খুব ভালো বন্ধু এবং তিনজনই খুব গরিব পরিবারের ছেলে। সংসারের বেহাল অবস্থার কারণে পল্লবের পড়াশোনা ক্লাস এইটেই শেষ হয়ে যায়। তারপর থেকেই সে সংসারের ভার নিজের কাঁধে করে বয়ে নিয়ে চলেছে। কৌশিক ও মলয় দুজনেই কলেজ পড়ুয়া এবং তাদের আর্থিক অবস্থা পল্লবের মত না হলেও খুব একটা ভালো নয়। দারিদ্র্যের ভয়াবহতা তাদের পরিবারের ওপরেও নেমে এসেছে।

এর পরের সপ্তাহটাও একই ভাবে কেটে গেল কিন্তু তবুও পল্লবের দেখা মিলল না। ঠিক সতেরো দিনের মাথায় পল্লব তার মামারবাড়ি থেকে বাড়ি ফিরে এলো। বাড়ি ফিরেই সে কৌশিক ও মলয়ের কাছে ছুটে গেল। তাকে দেখতেই মলয় বলল- "কিরে পল্লব! মামারবাড়ি গিয়ে যে আমাদের একেবারে ভুলেই গেলি!"

"তোরা এরকম ভাবে বলিস না। আমি কি সাধে ওখানে এতদিন ছিলাম? একটা খুব জরুরী কাজে ওখানে গিয়েছিলাম। তোরা শুনতে চাস কি সেই জরুরী কাজ। তাহলে সবটা খুলে বলতে পারি।"

পল্লবের শোনামাত্র কৌশিক বলে উঠল,

"বা-বাহ কি জরুরী কাজ বলতো শুনি।"

"বলছি তোরা মন দিয়ে শোন।"

এরপর পল্লব বলতে শুরু করল- তোরা তো জানিস যে আমার মামার বাড়ি হল সুন্দরবনের দিকে, নামখানা বলে একটা জায়গায়। আমি যেদিন মামার বাড়ি পৌছাই তার ঠিক তিনদিন পরে এক বিশেষ কাজে আমায় জঙ্গলের পাশের একটা গ্রামে যেতে

হয়েছিল। ফেরার পথে আমি দেখতে পাই একজন লোক গেরুয়া বসন পড়ে গাছের নিচে বসে রয়েছে। ভালো করে দেখে বুঝলাম উনি হলেন একজন সাধুবাবা। কি মনে হতে হাত দুটো জোর করে ওনার উদ্দেশ্যে একবার প্রণাম করলাম। এরপর হঠাৎ উনি আমার দিকে তাকিয়ে ইশারায় ওনার কাছে আমায় আসতে বললেন। আমি একটুও সংকোচবোধ না করে যখন ওনার কাছে গেলাম তখন উনি আমার নাম জিজ্ঞেস করলেন। আমার নাম বলতেই উনি বললেন- "পল্লব তুই বড়ই অভাবী ঘরের ছেলে খুবই কষ্ট করছিস দেখছি। তোকে একটা কথা বলছি মন দিয়ে শোন, যদি এই কাজ করতে পারিস তবে তোর সমস্ত দুঃখ দুর্দশা মিটে যাবে। এই সুন্দরবন জঙ্গলের মধ্যে এক বিশেষ স্থানে মা বনবিবির মন্দির রয়েছে, সেখানে মা তার ভক্তদের নিয়ে বেশ স্বচ্ছন্দে বাস করতেন। একদা এক কাপালিক এসে সেখানে বসবাস করতে শুরু করল। সে কোনোভাবে মায়ের মন্দিরের মধ্যে লুকিয়ে রাখা গুপ্তধনের ব্যাপারে জানতে পেরে যায় এবং তার অশুভ শক্তির দ্বারা গ্রামের সকলকে হত্যা করে ফেলে এবং মায়ের মন্দিরের সেই গুপ্তধন সংগ্রহ করতে উদ্ধত হলে মা তার ওপর কুপিত হয়ে তাকে বিনাশ করে। তারপর থেকে সেই গুপ্তধন মায়ের মন্দিরের মধ্যেই পড়ে রয়েছে কিন্তু সমস্যা হল এখন সেই স্থান বড়ই বিপদজনক, সেখানে মৃত গ্রামবাসীদের আত্মারা বিচরণ করছে। তাই সেখানে যাওয়া মোটেও সুরক্ষিত নয়। তবে উপায় একটা রয়েছে আর আমি সেই উপায়ের কথা তোকেই একমাত্র বলব কারণ তুই সৎ ছেলে এই ধন তোরই প্রাপ্য। এই জঙ্গল যেখানে শেষ হয়েছে ঠিক তার ডানদিকে একটি বড় অসত্য গাছ রয়েছে যেটি এখানকার সবচেয়ে পুরনো গাছ সেই গাছের পিছন দিকে রয়েছে একটি সরু পথ সেই পথ ধরে এগোলে রয়েছে এক জলাশয়। যার পাশে রয়েছে মা কালীর একটি ছোট মন্দির। সেই মন্দিরের বেদীর পাশে আরেকটি ছোট বেদী রয়েছে সেই মাটির বেদীর ভিতর একটি বাক্সের মধ্যে রয়েছে মায়ের আশীর্বাদী ত্রিশূল ও মায়ের মন্দিরের ছক। সেই ছক সংগ্রহ করলে তুই জানতে পারবি মন্দিরের কোথায় গুপ্তধন লুকিয়ে রাখা রয়েছে এবং সেই ত্রিশূল তোর সাথে থাকলে কোন অশুভ শক্তি তোর ক্ষতি করতে পারবে না। আমার কথা শুনে যদি এই জিনিস সংগ্রহ করতে পারিস তবে তুই নিশ্চিতভাবে গুপ্তধনের খোঁজ পাবি।"

এই বলে সাধুবাবা থেমে যেতে আমি তাকে শুধালাম- "বাবা আমি কি এই কাজ করতে পারব! আমি যে এসব কাজ আগে কখনো করিনি।"

আমার এই কথা শুনে তিনি হেসে বললেন- "ওরে বোকা পারবি বলেই তো তোকে বললাম মনে সৎ সাহস রেখে এগিয়ে যা দেখবি তোর মঙ্গল হবে।"

এরপর সাধু বাবা আমায় আশীর্বাদ করলেন এবং আমি তাকে প্রণাম করে সেখান থেকে চলে এলাম।

"সবই বুঝলাম কিন্তু সাধুবাবা যে সত্যি বলছে, তার কি প্রমাণ আছে। তিনি তো তোকে মিথ্যেও বলতে পারেন।"

মলয়ের কথা শুনে কৌশিকও তার কথায় সায় দিয়ে বলল- "হ্যাঁ একদমই তাই মলয় ঠিকই বলেছে।"

"তোদের কি মনে হয় আমি ওনার কথা যাচাই না করেই চলে এসেছি! মোটেই নয়। আমি তার পরের দিনই ওনার কথা মতো জঙ্গলের শেষে সেই গাছের কাছে যাই এবং ঠিক তার কথা মতো সরুপথ ধরে গিয়ে দেখি সত্যি সত্যিই একটা জলাশয়ের ধারে একটি ছোট আকৃতির মন্দির দেখা যাচ্ছে। আমি ছুটে গিয়ে যখন মন্দিরে প্রবেশ করলাম তখন সত্যিই মন্দিরের ভেতর মায়ের বেদির পাশে সেই মাটির বেদিটা দেখতে পাওয়া যাচ্ছিল। তড়িঘড়ি মাটির বেদিটা ভাঙতেই দেখি সেখান থেকে একটা মাঝারি আকৃতির লোহার বাক্স বেরিয়ে এলো।"

"তারপর?"

উত্তেজিতভাবে কৌশিক কথাটা বলে উঠতেই পল্লব তার পকেট থেকে একটা ছোট সাইজের কাগজের টুকরো বের করে বলল- "এইটা পেলাম! ত্রিশূলটা ঘরে ঠাকুরের সিংহাসনে রেখে এসেছি।"

কাগজটা দেখে দুজনের চোখ বিস্ফারিত হয়ে গেল। পল্লব কাগজটা ওদের সামনে মেলে ধরতেই দেখা গেল মা বনবিবির মন্দিরের ভিতরের বিভিন্ন ধরনের ছোট ছোট নকশা এবং কাগজের এক বিশেষ স্থানে রয়েছে সেই গুপ্তধন।

"সবটা দেখে তার স্পষ্ট বোঝা গেল? কি এবার বল আমাদের কি করা উচিত।"

পল্লবের কথায় দুজনেই তাকে সম্মতি দিয়ে বলল- "নিশ্চই আমাদের সেখানে যাওয়া উচিত।"

ওরা আর বেশিদিন অপেক্ষা করল না ঠিক চার দিন পর সুন্দরবনের উদ্দেশ্যে রওনা দেবে বলে ঠিক করল। পল্লবের মামার বাড়িতে ওরা আগে কোনদিন যায়নি এটাই প্রথম তবে মলয় ও কৌশিক দুজনেই এর আগে সুন্দরবনে ঘুরে এসেছে। সুন্দরবন বেশ সুন্দর একটি জায়গা। কাছাকাছি ঘুরতে যাওয়ার জন্য একটি বেশ মনোরম স্থান। তিনজনের মধ্যে দুজনেই সুন্দরবনের রয়েল বেঙ্গল টাইগার দেখেছে কিন্তু মলয়ই কেবল দেখতে পাইনি। তবে এবারে তার এই ইচ্ছাটাও পূরণ হয়ে গেল। নদীপথে যাওয়ার সময় শুধু মলয় নয় তিনজনে একসাথেই দেখতে পেল একটি বিশাল বড় বাঘকে। সম্ভবত নদীর ধারে এসে জল নিয়ে খেলা করছিল। ওরা তিনজনেই পল্লবের মামার বাড়ি এসে উঠলো, সেখানে তারা এক সপ্তাহ থাকবে বলে বাড়িতে বলে এসেছে। পল্লবের মামার বাড়ি আসার পর তারা তিনজন মিলে ঠিক করল যে ঠিক দুদিন পরে তারা জঙ্গলের ভিতর প্রবেশ করবে এবং এই কথা তারা কাউকে জানতে দেবে না। পল্লব বলল- "এই কাজ আমাদের খুব সতর্কভাবে করতে হবে কারণ কেউ জেনে ফেললে গুপ্তধন আমাদের থেকে হাতছাড়া হয়ে যাবে।"

দুদিন পর পল্লব মামাকে বলল- "মামা আমরা একটু জঙ্গলের দিকে ঘুরতে যাচ্ছি সন্ধ্যের মধ্যেই ফিরে আসবো।"

ওর মামা বলল- "বেশি ভেতরে যাস না যেন। জঙ্গলে বাঘের ভয় রয়েছে তাড়াতাড়ি তোরা ফিরে আসিস।"

পল্লব তার মামাকে আশ্বস্ত করে বলল- "হ্যাঁ হ্যাঁ তুমি একদম ভেবোনা আমরা ঠিক সময় মতো ফিরে আসব।"

এরপর তারা তিনজন জঙ্গলের দিকে রওনা হল। পল্লবের মামা জানতে পারল না যে তারা গুপ্তধনের খোঁজে সেখানে যাচ্ছে। কৌশিক যেতে যেতে বলল- "কোন দিক দিয়ে যেতে হবে?"

পল্লব বলল- "সব জানতে পারবি চলতে থাক।"

পল্লবকে অনুসরণ করে ওরা দুজন এগিয়ে চলল। তিনজন হাঁটতে হাঁটতে জঙ্গলের মধ্যে অনেকটা ভিতরে চলেও এসেছিল কিন্তু একটা সময়ের পর পল্লব পথ হারিয়ে ফেলল। কিছু বুঝে উঠতে না পেরে ওরা আরো কিছুটা সামনের দিকে এগিয়ে চলল। মলয় বলল- "কিরে আর কতদূর? আমরা ঠিকভাবে রাস্তা চিনে ফিরতে পারবো তো।"

"হ্যাঁ, ও নিয়ে ভাবিস না!" বলে পল্লব একটা গাছের পাশে এসে আঙুল দেখিয়ে বলল- "ওই দেখ তোরা কিছু দেখতে পাচ্ছিস?"

পল্লবের আঙুল লক্ষ্য করে দুজনের সেদিকে তাকিয়ে দেখল একটা ছোট কুঁড়ে ঘর দেখা যাচ্ছে। সবাই মিলে সেদিকে এগিয়ে যেতেই দেখতে পেল একটি অত্যন্ত জীর্ণ হয়ে যাওয়া কুঁড়েঘর সেখানে দাঁড়িয়ে রয়েছে। একটুও সময় নষ্ট না করে ওরা ওখানে চলে গেল।

কৌশিক ডাক দিতেই একজন বৃদ্ধ মহিলা ঘরের বাইরে বেরিয়ে এসে বলল, "তোমরা কারা? কি চাই।"

পল্লব বলল- "আমরা বনবিবির মন্দিরে যেতে চাই কিন্তু বুঝতে পারছি না যে কোন দিকে যাব। আপনি যদি আমাদের পথ বলে দেন তো খুব ভালো হয়।"

এই কথা শুনে বৃদ্ধা মহিলাটি মুচকি হেসে বলল- "তোমরা ঠিক দিকেই যাচ্ছ, এই পথের শেষে একটি বটগাছ রয়েছে সেই বটগাছের পাশে বামদিকে যে রাস্তা রয়েছে সেখান দিয়ে আরেকটু এগোলে মা বনবিবির মন্দির দেখতে পাবে।"

"যাক বাবা ঠিক পথেই এসেছি।"

কৌশিকের কথা শুনে হঠাৎ বৃদ্ধা মহিলাটি তাদের অবাক করে দিয়ে বলল- "তোমরা মোটেই ঠিক পথে আসনি কারণ এই পথে যে আসে সে কখনোই বেঁচে ফিরতে পারে না। আর তোমরাও বেঁচে ফিরতে পারবে না।"

মলয় বলে উঠল- "কেন এরকম বলছেন কেন?"

"কারণ এই দেখ!" বলে মিথ্যা বইলাটি তৎক্ষণাৎ নিজের রূপ পাল্টে ফেলল। তাদের সামনে দাঁড়িয়ে থাকা বৃদ্ধা মহিলা বদলে গিয়ে এক ভয়ানক দেখতে পেত্নীতে পরিণত হলো এবং তাদের আক্রমণ করতে উদ্যত হলো। তিনজন ভয় পেয়ে সামনের দিকে দৌড়াতে লাগল এবং দৌড়াতে দৌড়াতে ওরা দেখল আশপাশ থেকে অনেকগুলো

ভূত তাদের ধাওয়া করে ওদের পিছনে আসছে। ওরা কোনমতে শরীরের সমস্ত শক্তি একত্রিত করে সামনের দিকে দৌড়োতে লাগল এবং বটগাছটা পেরিয়ে বামদিকে কিছু দূর এগোতেই সামনে বিশাল বড় একটা মন্দির দেখতে পেল। সময় নষ্ট না করে ওরা মন্দিরের ভিতরে প্রবেশ করল। মন্দিরে প্রবেশ করার পর কিছুক্ষণ জোরে জোরে নিঃশ্বাস নিয়ে পল্লব বলল- "আমি ভুলে গেছিলাম যে সাধুবাবা বলেছিল মন্দিরের পথে একটি ভুতুড়ে গ্রাম পড়বে। আরেকটু হলে আমরা সবাই বেঘোরে প্রাণ হারাতাম।"

মলয় জিজ্ঞেস করল- "তাহলে আমরা বাড়ি ফিরব কিভাবে।"

"সে পরে দেখা যাবে আগে চল তো মন্দিরের ভিতরে গিয়ে দেখি। কৌশিক ছকটা বের কর।"

পল্লবের কথা মতো কৌশিক ছকটা বের করে সামনে ধরতেই পল্লব দেখলো গুপ্তধন রয়েছে একদম মন্দিরের মধ্যভাগে অর্থাৎ যেখানে মায়ের মূর্তি রয়েছে তার ঠিক নীচে। ওরা এরপর মন্দিরটা ভালো করে দেখতে দেখতে মা বনবিবির মূর্তির সামনে এসে দাঁড়ালো। মায়ের সামনে আসতেই তাদের হাত আপনার থেকেই মাথার উপরে উঠে এলো। দেখে মনে হল মা যেন জ্বলন্ত দুটো চোখ নিয়ে তাদের দিকে তাকিয়ে রয়েছেন। আসার আগে কৌশিক সঙ্গে করে অনেকগুলো মোমবাতি এনেছিল তাই অন্ধকার মন্দিরের ভিতরে চলাফেরা করতে তাদের খুব একটা অসুবিধা হলো না।

মানচিত্রের নির্দেশ মতো পল্লব দেখল মায়ের মূর্তির পাশে একটি ছোট চৌক মত দরজা বিশেষ রয়েছে এবং সেটি তালা দিয়ে বন্ধ রয়েছে। পল্লব বলল,

"অনেক পুরনো তালা, ভাঙতে খুব একটা অসুবিধা হওয়ার কথা না।"

কথাটা সে একদম ঠিক বলেছে। তিন চারটে লোহার আঘাতে তালাটা সহজেই ভেঙে গেল। তারপর দরজাটা খুলতেই একটা সিঁড়ির উপরিভাগ নজরে পড়ল, যেটি নিচে অনেকটা নেমে গেছে। এক এক করে নীচে নেমে যেতেই তারা যা দেখল তাতে তাদের চোখ ছানাবড়া হয়ে গেল। সেখানে একটি ছোট ঘরের মধ্যে অজস্র সোনার কয়েন গহনা ও সোনার অলংকার পড়ে রয়েছে। কিছুক্ষণের জন্য তারা ওখানে সেই দৃশ্য দাঁড়িয়ে দেখতে লাগলো। যখন তাদের মোহ ভাঙলো তখন তারা শুনতে পেল মন্দিরের বাইরে অনেক চেঁচামেচি হচ্ছে।

মলয় বলল- "তাড়াতাড়ি বেরোতে হবে ভূতের দল বাইরে অপেক্ষা করছে মনে হচ্ছে।"

পল্লব দুজনকে কতকগুলো ব্যাগ দিয়ে বলল- "এগুলো তাড়াতাড়ি ব্যাগে ভরে নে!"

এরপর তাড়াতাড়ি করে সোনা দানা যা ছিল সেগুলো সব ব্যাগে ভরার পর মলয় বলল- "এবার বেরোবি কিভাবে?"

মলয়ের দিকে তাকিয়ে পল্লব মানচিত্রের সাথে পাওয়া সেই ত্রিশূলটা বের করে বলল- "এই ত্রিশূল আমাদের রক্ষা করবে। তোরা আমার পিছন পিছন আয়।" বলে পল্লব, মলয় ও কৌশিক তিনজন মিলে মন্দিরের বাইরে বেরিয়ে এলো এবং তারা বেরোতেই ভূতেদের

দল তাদেরকে ঘিরে ফেলল। পল্লব ত্রিশূলটা তাদের সামনে তুলে ধরতেই ওরা ভয় কিছুটা পিছিয়ে গেল।

ওরা পিছিয়ে পড়তেই পল্লব বলল- "তোরা দৌড়তে থাক! একদম জঙ্গল পেরিয়ে গিয়ে থামবি। তার আগে কোথাও থামবি না।"

তিনজন প্রাণপনে দৌড়াতে লাগল কিন্তু ভারী ভারী ব্যাগ নিয়ে তারা বেশি দূর এগোতে পারল না। কৌশিক মাঝখানে এমন হোঁচট খেয়ে পড়ল যে আর উঠতেই পারলো না। কৌশিককে বাঁচাতে গিয়ে ওরা দুজনেও দাঁড়িয়ে পড়ল। ভূতেদের দল কৌশিককে সোনা ভর্তি ব্যাগ সমেত ধরে ফেলল। পল্লব সেদিকে ত্রিশূল নিয়ে এগিয়ে গেল বটে কিন্তু পিছন থেকে একটা ভূত এসে তাকে এমন ধাক্কা মারল যে পল্লব মাটিতে পড়ে গেল। পল্লব পড়ে যাওয়ার সাথে সাথে ত্রিশূলটাও তার হাত থেকে মাটিতে পড়ে গেল। ভূতেদের দল যখন পল্লবকেও মারতে উদ্যত হতে লাগল তখন মলয় সেই ত্রিশূল নিয়ে এসে পল্লবকে রক্ষা করল। কিন্তু কৌশিককে তারা আর বাঁচাতে পারলো না কারণ ততক্ষণে কৌশিককে ভূতেদের দল সম্পূর্ণরূপে ধরে ফেলেছে তাই অনিচ্ছা সত্ত্বেও কৌশিককে একা রেখে পল্লব ও মলয়কে সেখান থেকে পালিয়ে আসতে হলো। জঙ্গলটা থেকে বেরিয়ে আসার পর ওরা দুজন নিজেদের ভুল বুঝতে পারল। আজ গুপ্তধনের জন্য ওরা ওদের প্রিয় বন্ধুকে হারিয়ে ফেলল।

লেখক : মলয় হাজরা

5

ক্ষমা নেই মুস্কান

(১)

একটি ছোট্ট গ্রাম নাম কাশেমপুর, এই গাঁয়ে মূলত নিম্নবিত্ত ও দরিদ্রশ্রেণীর মানুষদের বাস। গাঁয়ের এককোনে একটি ছোট্ট বেড়ার বাড়িতে থাকে আজমীরা ও তার তেরো বছরের মেয়ে মুস্কান। সেই কবেই আজমীরার স্বামী ইমরুল মারা গেছে আর তারপর থেকে পেটের টানে দুই বাড়িতে কাপড় কেচে আর টুকটাক সেলাই করে, সেই পয়সায় দুইবেলা ভাত, আলুসিদ্ধ খেয়ে সে ও তার মেয়ে মুস্কান কোনো রকমে বেঁচে আছে।

দুইদিন আগেই দুপুরবেলায় গ্রামের পথ থেকে হাঁটার পথে হঠাৎ কি দেখে ভয় পেয়ে মুস্কানের কাঁপুনি দিয়ে জ্বর এসেছিলো। গাঁয়ের স্থানীয় প্রাথমিক চিকিৎসালয়ের ওষুধ খাওয়ার পর ও জলপড়ি দেওয়ার পর আজ মুস্কান মোটামুটি সুস্থ। কিন্তু জ্বর সারলে কি হবে, মুস্কানের শরীরটা এখনোও বেশ দুর্বল। এখন সে দুপুরের খাবার খেয়ে ঘুমাচ্ছে। এমনিতেই মুস্কান খুব কম কথা বলে, অনেকসময় এমনও মনে হতে পারে যে মেয়েটি আদতে বোবা, তাকে কেউ কিছু জিজ্ঞেস করলে শুধু হ্যা আর না বলে। তাদের অনিশ্চিত আর নিরাপত্তাহীন ভবিষ্যত নিয়ে আজমীরার গভীর সংশয়ের জীবন।

এই কাশেমপুরের মতো গাঁয়ে প্রাথমিক চিকিৎসা কেন্দ্র একটাই। আর দূরে যা চিকিৎসাকেন্দ্র আছে সেখানে যেতে বা চিকিৎসা করাতেও বেশ খরচা। তাই আজমীরা ঠিক করলো যে ঘুম থেকে ওঠার পরেই মুস্কানকে কিছু খাইয়ে দিয়ে এক জায়গায় নিয়ে যাবে। যেই জায়গায় যাওয়ার জন্যে সে আজ তার কাজের জায়গায় ছুটি করেছে। ঘুম থেকে ওঠার পর মুস্কানের চোখ মুখ ধুইয়ে কিছু খাইয়ে সে মুস্কানকে নিয়ে গেলো পাশের গ্রামের এক কবিরাজের বাড়িতে। এই কবিরাজের খুব নামডাক তিনি যদি মুস্কানকে একটু ঝারিয়ে দেন বা মন্ত্র ফুঁকে দেন তবে মুস্কান দ্রুত সুস্থ হয়ে উঠতে পারে।

(২)

এই কবিরাজের নাম ওয়ালিউল, তার তিন বিয়ে তবে এখনোও তার মেয়ের বয়সী মেয়েদের উপরও তার যথেষ্ট খারাপ নজর। বিশেষ করে যখন তিনি মুসকান কে দেখলেন তার আসল সত্বাটি বাইরে চলে আসলো। মনে মনে বলে উঠলেন এই টুকু ছোটো মেয়ের কি সুন্দর দেহের গড়ন কি সুন্দর চোখ। তিনি আলাদা করে কথা বলার জন্যে মুসকান কে নিয়ে গেলেন তার একটি ঘরে। সেই ঘরে মুসকানকে বসিয়ে নানা ভাবে চিকিৎসার নাম দিয়ে তার হাত, গাল স্পর্শ করতে লাগলেন। কিন্তু এইবার তীব্র জোরে একটি ধাক্কায় ওয়ালিউল শুয়ে পড়লেন। এত গায়ের জোর একটি তেরো বছর বয়সী মেয়ের হতে পারে না। ওয়ালিউল দেখলেন প্রচন্ড রূঢ়, কর্কশ ও ভারী গলায় সেই বাচ্চা মেয়েটি তাকে বলছে- জানিস আমি কে? কাকে স্পর্শ করেছিস? আমি চাইলে এক টানে তোর ধড় থেকে মাথা আলাদা করে দিতে পারি। এই কর্কশ ও ভারী গলার আওয়াজ কোনো তেরো বছরের বাচ্চার নয়। আর এই কথার সাথে সাথেই ঘরটি অন্ধকার হয়ে গেলো, ঘরের চারপাশের পরিবেশ পরিবর্তন হতে লাগলো। এক অদ্ভুত অথচ ঝাঁঝালো সুগন্ধিতে তার ঘর ভরে গেছে।

ওয়ালিউল বুঝতে পারলেন- এই বাচ্চা মেয়েটি তাকে এক অজানা ভয়ঙ্কর জগতের মধ্যে এনে ফেলেছে, আর এই বাচ্চাটি কোনো সাধারণ বাচ্চা নয়। ওয়ালিউলের বুকে কেউ যেনো দুটো ভারী পাথর রেখে দিয়েছে, তীব্র চাপ অনুভব হচ্ছে তার বুকে, সাথে হঠাৎ করেই তীব্র শ্বাসকষ্ট হচ্ছে। প্রচণ্ড ভয়ে কাঁপতে কাঁপতে ওয়ালিউল মাথা নত করে ক্ষমা চায় মুসকানের কাছে, সে বলে আর কোনোদিন এমন করবে না কোনো মেয়ের সাথে। ওয়ালিউল বুঝতে পারে যে মুসকানকে কোনো সাধারণ ভূত বা পিশাচ ধরেনি তাকে ধরেছে এক লাল পরী। এই লাল পরী তার অসীম অলৌকিক ক্ষমতায় ওয়ালিউলের জীবন মুহূর্তের মধ্যেই শেষ করে দিতে পারে। অনেক ক্ষমা চেয়ে ও তার ঘরে থাকা কিছু মিষ্টান্ন দিয়ে সেই পরীকে তুষ্ট করার পর ওয়ালিউল বাইরে এসে আজমীরাকে বলে মুসকান সুস্থ তার কিছুই হয়নি। মুসকানের মুখে স্ফীত হাসি আর সেই হাসিতে ওয়ালিউলের রক্ত ঠান্ডা হয়ে যায় মুহূর্তেই।

(৩)

আজমীরার পাশের বাড়িতে থাকে নাসিফা, তার ছোড় ছেলে রেজ্জাক অসুস্থ বেশ কিছুদিন ধরেই। অনেক ডাক্তার বদ্দি দেখিয়ে ও অনেক কবিরাজের স্থানে গিয়েও রেজ্জাক সুস্থ হয়নি। মুসকানের স্বভাব নেই কারোর বাড়িতে গিয়ে গল্পো করার কিন্তু একদিন নিজ থেকেই মুসকান নাসিফাদের বাড়িতে যায়। গিয়ে এক অদ্ভুত কন্ঠে নাসিফা কে জানায় একটু ঘরের বাইরে যাওয়ার জন্যে। সে এতটুকু মেয়ে হলেও তার সেই কন্ঠে এমন কিছু মায়া ছিল, যেই মায়ায় আবদ্ধ হয়ে নাসিফা ঘরের বাইরে চলে যায়। মুসকান ভিতর থেকে দরজা বন্ধ করে দেয়। প্রায় আধ ঘন্টা পর মুসকান সেই ঘরের দরজা খুলে এসে বলে রেজ্জাক এখন পুরোপুরি সুস্থ। বেশ কিছুদিন আগে বিলের মাঠে খেলতে গিয়ে কিছুটা দূর জঙ্গলে এক প্রাচীন গাছের নিচে দাঁড়িয়ে রেজ্জাক প্রস্রাব করেছিল, আর এর

ফলে সেই গাছে বাস করা এক জীন রুষ্ট হয় রেজ্জাকের উপর। আর যার ফলে রেজ্জাকের শরীরের এই অবস্থা। তবে এখন মুসকান সেই জীনের সাথে কথা বলেছে, আর এটাও জেনেছে সেই জীন কে বা সে কোথায় থাকে আর কি করলে সে তুষ্ট হবে। নাসিফা যেনো অন্তত তিন শনিবার কিছু ফল, মিষ্টান্ন ও কাঁচা মাংস দিয়ে আসে মুসকানের বলা সেই জায়গাটায় যেখানে ওই জীন থাকে, আর সেখানে যদি কোনো কুকুর বা সাপকে দেখতে পায় তবে যেনো ভয় না পায় কারণ গাছে থাকা সেই বিশেষ জীন কুকুর বা সাপের বেশেই থাকে। যেই মেয়ে কারোর সাথেই কথা বলে না তার এই অস্বাভাবিক পরিবর্তন আজমীরা ও নাসিফা উভয়কেই অবাক করলো। আর মুসকানের তার ঘরে আসার পরেই ও মুসকানের কথা ঠিকঠাক শোনার পরেই নাসিফার ছেলে মাত্র অল্প দিনে একদম সুস্থ হয়ে গেলো যেটা পুরো কাশেমপুর গাঁয়ের সমস্ত মানুষদেরকে অবাক করে দিলো।

কাশেমপুর গাঁয়ে দূর শহর কলকাতার থেকে আসা এক শিক্ষিত যুবকের হঠাৎ উদয় হলো তার নাম সিরাজুল আলী। সে নেহাৎ ঘুরতে এখানে আসেনি সে এসেছে এই গ্রামের কিছু উন্নয়ন করতে, আগে তার বাপ ঠাকুরদার বাসা এখানেই ছিল এমনকি তার নিজেরও ছোটোবেলা এখানেই কেটেছে। পরে তাদের পুরো পরিবার ব্যাবসার কারণে কলকাতা শহরে চলে যায়। প্রথমে তাদের প্লাস্টিকের নানা দ্রব্যের ছোটো ব্যাবসা ছিলো পরে কলকাতায় গিয়ে লোহার ব্যাবসা, কাঠের ফার্নিচার এর ব্যাবসা, ইলেক্ট্রনিক্স এর বিভিন্ন যন্ত্রের ব্যাবসা সহ আরোও বেশ কিছু ব্যাবসায় তারা মন দেয় আর বর্তমানে তারা যথেষ্ট ধনী। তার পুরোনো গ্রাম কাশেমপুরে এসেই সে দেখা করে এখানকার গ্রাম প্রধান হায়দার চাচার সাথে ও তাকে দেখার পর সে নিজের পরিচয় দেয় ও নিজের বাপ দাদার কথাও বলে আর এও জানায় যে তার বাবা আর বেঁচে নেই, প্রায় দুই বছর আগে তিনি পরলোক গমন করেছেন। তার পরিচয় শোনামাত্র হায়দার এর চোখে জল আসে তিনি তাকে সাথে সাথেই বুকে টেনে নেন, কারণ সিরাজুল এর বাবা ছিলেন হায়দার এর বাল্যকালের বন্ধু। কিছুক্ষন তাদের মধ্যে তাদের পূর্ববর্তী জীবন ও এই গ্রামকে নিয়ে স্মৃতিমধুর নানা কথা হয়। সিরাজুল জানায় যে ব্যবসার কিছু কাজে সে রতনপুরের কিছু কারিগরের সাথে কথা বলতে এসেছিলো, পরে তার মনে পরে তার ছোটবেলার কাশেমপুর গাঁয়ের কথা। রতনপুর থেকে কাশেমপুর গাঁয়ের দূরত্ব খুব বেশি নয়। যদিও অনেক আগে থেকেই তার এখানে আসার ইচ্ছা ছিল কিন্তু নানা ব্যক্তিগত কারণ ও কাজের দিক থেকে ব্যাস্ত থাকার কারণে তার আর কাশেমপুরে আসা হয়ে ওঠেনি।

(৪)

সিরাজুল এই কাশেমপুর গ্রামকে নিয়ে তার কিছু পরিকল্পনার কথা জানায় গ্রাম প্রধান হায়দার চাচাকে। সিরাজুল বলে- এই গ্রামে আসা মাত্রই সে বুঝতে পেরেছে যে এই গ্রাম আগের মতোই এখনও বেশ অনুন্নত। এখানে একটি প্রাথমিক চিকিৎসা কেন্দ্র আছে যেটি একদমই উন্নত নয়, তাই যেই গ্রামবাসীরা দূরে গিয়ে ডাক্তার না দেখতে পারে তারা বিনা চিকিৎসায় মারা যায়। এখানে নেই একটা স্কুল- তাই এই গাঁয়ের

বাচ্চারা পড়ালেখা করে না। সিরাজুল চায় বিলের মাঠ সংলগ্ন ফাঁকা জমিগুলি কিনে ও জঙ্গল পরিষ্কার করে প্রথমেই একটি স্কুল বানাতে। গ্রাম প্রধান হায়দার খান এই কথায় প্রথমে খুশি হলেও কিছুক্ষন ভাবার পর তার মুখে একটি প্রশ্নচিহ্ন দাঁড়ায়! তিনি সরাসরি সিরাজুলের উদ্দেশ্যে প্রশ্ন করলেন যে - গ্রামের জন্যে এত অর্থ খরচ করে ও গ্রামের উন্নয়ন করে সিরাজুলের কি লাভ? এর উত্তরে সিরাজুল হালকা হেসে বলে- সে বর্তমানে কলকাতার বাসিন্দা হলেও সে তার পুরোনো গ্রামকে আজও ভুলতে পারেনি। জীবনে অনেক অর্থ সে বা তারা আয় করেছে কলকাতায় গিয়ে। আর গাঁয়ের উন্নতির দায়িত্ব তো গাঁয়ের কাউকেই নিতে হবে যতই হোক এই গ্রামটাই তো তার মাতৃভূমি। আজ তার গ্রামের এই অবস্থা দেখে যথেষ্ট খারাপ লাগে। তাই তাকে অন্তত একবার এই গাঁয়ের জন্যে কিছু করার সুযোগ দেওয়া হোক। গ্রাম প্রধান বুদ্ধিমান মানুষ হলেও সিরাজুল এর এই কথায় যথেষ্ট আবেগী হয়ে পড়লেন। কোই? এই কাশেমপুর থেকে তো অনেকেই চলে গেছে, কেউ তো খবর রাখেনি এই অঞ্চলের দরিদ্র অসহায় মানুষদের। তার প্রিয় বন্ধুর ছেলে আজ এগিয়ে এসেছে, আর মৃত্যুর পূর্বে তিনিও চান এই গ্রামের উন্নতি দেখে যেতে। তাই গ্রাম প্রধান হায়দার খান এই কথায় আর না বলতে পারলেন না, তিনি খুব খুশি হলেন ও সিরাজুলের উদ্দেশ্যে বললেন তারও বেশ কিছুবছর আগে পত্নীবিয়োগ হয়েছে, তাদের কোনো সন্তানাদিও ছিল না। তার পত্নীবিয়োগের পর থেকে এই বাড়িতে তিনি ও তার চাকর এই দুইজন থাকেন। তাই তার একান্ত অনুরোধ গাঁয়ের থেকে দূরে অন্য কোনো হোটেলে না থেকে তার বাড়িতেই যেনো সিরাজুল কিছুদিন থাকে।

ইতিমধ্যেই সিরাজুল তার পুরোনো গাঁয়ে এসে বুঝতে পেরেছে যে এখানকার মানুষেরা বেশ অন্ধবিশ্বাসী ও কুসংস্কারাচ্ছন্ন। গাঁয়ে আসার কিছুদিনের মধ্যেই সিরাজুল লক্ষ করে এই গাঁয়ের মানুষ তাদের রোগ, ব্যাধি, দুঃখহ, কষ্ট ইত্যাদি নানা প্রকার সমস্যার সমাধানের জন্যে যায় এই গাঁয়েরই এক কোনে একটি বাড়িতে। সে ঠিক করে, সে নিজেও একদিন যাবে সেই বাড়িতে আর দূর থেকে দেখবে কি হয় সেখানে। কমদিনের মধ্যেই গাঁয়ের কিছু লোকেদের সাথে তার ভাব হয় ও সে জানতে পারে যে এক শক্তিশালী পরী মুসকানের ভিতরে আসে ও সেই গ্রামবাসীদের সমস্যার সমাধান করে, কিন্তু সেই পরী রোজ আসে না, সপ্তাহের যেকোনো দুইটি দিন সেই পরী আসে। সিরাজুল তার সাথে ভাব জমালো কাশেমপুর গাঁয়ের কিছু লোকেদের পিছুপিছু একদিন যায় আজমীরার বাড়ির সামনে, ও চুপিচুপি আড়াল থেকে দেখতে থাকে কি হচ্ছে সেখানে।

কিন্তু অবাক ব্যাপার হলো মুসকানের ভিতরে থাকা পরী যেই ঘরে থাকে, সেই ঘরটি বন্ধ করা থাকে। গাঁয়ের যেই মানুষটি নিজের সমস্যা নিয়ে যায়, সে ওই বন্ধ ঘরটির দরজা খুলে কিছু ফুল ও মিষ্টান্ন নিয়ে যায় ঘরটির ভিতরে আর ভিতরে প্রবেশ করে আবার দরজা বন্ধ করে দেয় এবং বেশ কিছু সময় পর সেই মানুষটি ফিরে আসে। সিরাজুল বুঝতে পারেনা বন্ধ ঘরের ভিতরে ঠিক কি হচ্ছে, কিন্তু এটা বুঝতে পারে যে গাঁয়ের মানুষদের বোকা সাজিয়ে আজমীরা আর তার মেয়ে মুসকান এইসব

কর্মকান্ড করছে। এই অত্যাশ্চর্য ঘটনার খবর ধীরে ধীরে কাশেমপুর গ্রাম ছেড়ে পাশের আরোও গ্রামে ছড়িয়ে পড়ছে। সিরাজুল বুঝতে পারে গ্রামে শিক্ষার প্রসার ঘটাতে এই অন্ধবিশ্বাসের কালো মেঘ তাকে সরাতেই হবে।

(৫)

সিরাজুল কাশেমপুর গাঁয়ের গ্রাম প্রধান তার হায়দার খান চাচাকে বোঝাতে থাকে যে এমনভাবে যদি কুসংস্কারের অন্ধকার বিষবাস্প গাঁয়ের আকাশে বাতাসে ছড়িয়ে পরতে থাকে তবে শিক্ষার আলোক কিভাবে আসবে এই গাঁয়ে। হায়দার প্রথমে সিরাজুল এর এই কথা খুব একটা নিজের গায়ে না লাগালেও, পরে বাধ্য হয়ে সম্মতি জানায় কারণ সিরাজুল কথা দিয়েছে গাঁয়ে স্কুল করবে, ভালো মানের চিকিৎসালয় করবে। এক রাতে গ্রাম প্রধান হায়দার কাশেমপুর গাঁয়ের তার কিছু প্রিয় বিশিষ্ট লোকেদের ডেকে পাঠায় এই বিশেষ বিষয়টি সম্পর্কে আলোচনার জন্যে। কিন্তু দীর্ঘ আলোচনার পরেও, সিরাজুলের এ্তোবার বোঝানোর পরেও গাঁয়ের কেউ সিরাজুলের কথার সাথে সম্মত হয় না। তাদের মতো মুসকান কোনো মিথ্যে বা ঠকবাজি করছে না, সে উল্টে গাঁয়ের সবার উপকার করছে, এমনকি তার দেওয়া কিছু জিনিসে ও তার কথায় গ্রামের অনেক মানুষ বিশেষ উপকৃত হয়েছেন আর পবিত্র কুরআন মতে জীন ও পরীর অস্তিত্ব আছে। শেষপর্যন্ত এই বিশেষ আলোচনাসভায় কোনো উপায় না দেখে সিরাজুল বলে- কুরআন সেও পড়েছে, সেও ধার্মিক মুসুলমান। তবে মানুষের মতোই জীন ও পরীদের মধ্যেও ভালো ও থারাপ আছে। সে আরোও বলে- আপনারা কি একবারও ভেবে দেখেছেন কেনো বিনা কারণে লালপরী মুসকানের ভিতরে এসে আপনাদের সাহায্য করছে? তার একটাই কারণ এই পরীরা বাচ্চাদের ভালোবাসে। দিন দিন মুসকান ঝিমিয়ে পড়ছে, প্রায় সময় রোজ ঘুমিয়ে থাকছে কারণ এই পরী তাকে ধীরে ধীরে দুর্বল করে দিচ্ছে এইভাবে আস্তে আস্তে গাঁয়ের সকল বাচ্চাদের সে দুর্বল করে দেবে! তাই আমাদের উচিত এর বিরুদ্ধে কিছু একটা পদক্ষেপ নেওয়া। আপনারা কি জানেন কুরআন-এ জীন ও অন্যান্য জীব অপেক্ষা মানুষকেই সর্বাপেক্ষা উন্নত বলা হয়েছে। তবে আমরা কেনো পারবো না আমাদের গ্রাম থেকে এই পরী কে তাড়াতে? সিরাজুল-এর এই কথা গাঁয়ের সবাই কিছুটা বোঝার চেষ্টা করলো কিন্তু কারোরই খুব একটা বিশ্বাস হলো না। শেষঅবধি সিরাজুল ঠিক করলো এই গাঁয়ের মাথামোটা মানুষদের দ্বারা কিছুই হবে না, সে নিজেই এই সমস্যার সমাধান করবে, কিন্তু তার আগে আজ রাতে তাকে এক স্থানে যেতে হবে।

কিন্তু অদ্ভুত বিষয় হলো সিরাজুল-এর এই বিষয়টি নিয়ে আলোচনার কিছুদিন পরেই মুসকানের তীব্র জ্বর আসলো। প্রায় এক সপ্তাহ তার জ্বর আসছে ও যাচ্ছে যে তেরো বছরের বাচ্চা মেয়েটি গাঁয়ের সবার সমস্যার সমাধান করে আজ তার নিজের সমস্যার সমাধান করবে কে? গাঁয়ের প্রাথমিক চিকিৎসালয়ে দেখিয়ে কোনো সুফল মেলেনি শেষ অবধি গাঁয়ের অন্যদের দিয়ে ধারবাকি করে আজমীরা শহরের বড়ো চিকিৎসালয়ে নিয়ে গেছে মুসকানকে।

কিন্তু না, কোনো বিশেষ রোগ ধরা পড়েনি, শহরের বড়ো ডাক্তাররাও ধরতে পারেননি মুসকানের ঠিক কি রোগ হয়েছে। ঠিক এমন থারাপ পরিস্থিতিতে এক ঝড় বৃষ্টি জলের রাতে মুসকানের প্রচন্ড কষ্ট হচ্ছে, তার জ্বর আসছে, মাথা প্রবল যন্ত্রনায় ছিঁড়ে যাচ্ছে, পেট ব্যাথা হচ্ছে। তার মাথায় জলপট্টি দিচ্ছে আজমীরা, শহরের ডাক্তার বাবুদের মতে মুসকানের চিকিৎসার জন্যে তাকে অন্য শহরে নিয়ে যেতে হবে কিন্তু সেই অর্থ তাদের নেই, আর যা ওষুধ ছিলো তা প্রায় শেষ। এই ঝড়ঝঞ্ঝার দিনে গ্রামের কেই বা তাকে সাহায্য করবে। তাও অসুস্থ মুসকানকে একা ঘরে রেখে সেই ঝড় বৃষ্টির রাতে আজমীরা যায় পড়শীদের সাহায্য পাওয়ার আশায়। তার পাশের ঘরের নাসিফার স্বামী সোহেল ও আরোও দুই একজন সহৃদয় মানুষ তার সাহায্যে এগিয়ে আসে, তারা চায় বিভিন্ন সময়ে মুসকানের করা উপকারের প্রতিদান দিতে। তারা সবাই মিলে ঠিক করে যে করেই হোক মুসকানকে শহরের চিকিৎসালয়ে নিয়ে যেতে হবে এই রাতের মধ্যেই। তাদের সঞ্চিত অর্থ ও পরিশ্রম দিয়ে তারা মুসকানকে ঠিক বাঁচাবে। কিন্তু ভাগ্য সবার প্রতি সর্বদা সুপ্রসন্ন হয় না। কাঁদা রাস্তায় অনেক কষ্টেই ভ্যান চালাচ্ছিলেন গাঁয়ের প্রবীণ বীরেশ্বর খুঁড়ো। এক দিকে প্রচন্ড কষ্ট ও অন্যদিকে তীব্র বৃষ্টির ঝাপটায় ক্রমশ আরোও ফ্যাকাশে হচ্ছিলো মুসকানের মুখ। প্রথমে ভ্যান ও পরে বাসে করে তারা শহরের এক হাসপাতাল এ পৌঁছায়, কিন্তু ততক্ষনে মুসকান মৃত। দেখে মনে হবে একটা গোলাপের পাপড়ি যেনো চোখ বন্ধ করে পরে আছে অসীম শান্তিতে। আজমীরার চোখের অশ্রুধারা সমুদ্রের উত্তাল জলরাশির মতো আছড়ে পরতে লাগলো। কিন্তু তৎক্ষনাৎ এক ভারী সুন্দর লাল আলো এসে পড়লো তার চোখে। সেই লাল আলো তাকে কানে কানে বললো আজ কান্না নয়, সময় আসবে- সেদিন মন ভরে কেঁদো। আজমীরা এই প্রবল কষ্টের সময়ও অবাক হলো এই লাল আলো দেখে। এরপর লাল আলো আজমীরা কে অনেক কিছুই বললো যা পরে জানা যাবে।

(৬)

তার পরের দিন মুসকানের ফুলের মতো মৃত শরীরটা এলো। আজমীরার দেহে প্রাণ থাকলেও সে প্রায় নির্জীব হয়ে গেছে, সে কাঁদছেনা, তার কিছু বলার শক্তিও নেই। জীবনে প্রচন্ড কষ্ট পেতে পেতে যখন কষ্টের পাহাড় হয়ে যায় তখন ঠিক এমনই হয়। চারিদিকে কান্নার রব, শিশু থেকে বৃদ্ধ সবাই কাঁদছে। হিন্দু, মুসলাম, উচ্চ, নিচ, জাত, ধর্ম নির্বিশেষে গাঁয়ের সবাই কাঁদছে মুসকানের জন্যে আজমীরার জীবনের এই করুন পরিণতির জন্যে। কিন্তু আজমীরা কাঁদছে না। ঠিক এই সময় আবির্ভাব হয় সিরাজুলের, কাঁদতে কাঁদতে সে আজমীরার উদ্দেশ্যে বলতে থাকে - আমি অনেক আগেই গাঁয়ের সবাইকে বলেছিলাম এই পরী কে বিশ্বাস না করতে। এই পরী থারাপ, এই পরী মহান আল্লাহ-এর ঘোর বিরোধী। কিন্তু তখন আমার কথা কেউ বিশ্বাস করেনি আজ দেখলে তো তোমরা সবাই, শেষে আমার কথাই সত্যি হলো। আজ সিরাজুলের এই কথার জবাব কাশেমপুর গাঁয়ের কারোর কাছেই নেই, শেষে সবাই মেনে নিতে বাধ্য হলো

সিরাজুল ঠিক তারা সবাই ভুল। মুসকানের মা আজমীরা এতক্ষন পর একটা কথা বলে উঠলো সিরাজুলের দিকে তাকিয়ে- "মনে রাখবেন তারা কিন্তু ক্ষমা করে না" এই কথায় সিরাজুলের মুখে প্রথমে একটু ভয় আসলেও পরে সে প্রবল বিদ্রুপের সাথে বললো- এই মহিলা পাগল হয়ে গেছে তার ছোট মেয়ের বিয়োগের ফলে, তাই তার কথায় কিছুই তেমন মনে করার নেই।

তারপর কেটে গেছে প্রায় এক মাস। আজমীরা আজ সর্বহারা, তার বেঁচে থাকার কোনো ইচ্ছে না থাকলেও সে বেঁচে আছে কোনো রকমে।সিরাজুল এখন এই গাঁয়ে প্রায়ই আসা যাওয়া করে আর এখন এই গাঁয়ের প্রায় সবাই তাকে বেশ মেনেও চলে। একেই পয়সার গরম, অসীম জ্ঞান আর তার উপর এই গাঁয়েই সে স্কুল, চিকিৎসালয় বানানোর কথা বলেছে এমনকি ক্রমশ গাঁয়ের সবাই এটাও বুঝতে পারছে বিশেষ রাজনৈতিক দলের সাথেও তার হাত রয়েছে, তাই তাকে একটু সমঝে আর এড়িয়ে চলাই ভালো। এমনকি যেই গাঁয়ে আগে শান্তি ছিল, আজ সেই শান্তিই উধাও, নানা অদ্ভুত ধরণের শহরে মানুষ আসে সিরাজুলের সাথে। গ্রামের মানুষের ধারণা সিরাজুল চায় তার নিজস্ব রাজনৈতিক ক্ষমতা লাগিয়ে এই কাশেমপুর গ্রামকে তার ক্ষমতায় আনতে। আজ স্বয়ং গ্রামপ্রধান সব বুঝেও চুপ, তিনিও কিছুটা ভয়ের আন্দাজ করেই, কিছু ভুল কিছু খারাপ হচ্ছে জেনেও সিরাজুলকে এড়িয়ে যান।

(৭)

এক রাতের বেলায় সিরাজুল বিলের মাঠের পাশের জঙ্গল থেকে একা বাড়ি ফিরছিলো। রোজ সন্ধ্যে থেকে সে আর তার সাগরেদরা মাঠে বিলেতি মদের আড্ডা বসায়। না, সিরাজুল নিজে নেশাভান করে না তার কুখ্যাত গুন্ডা বন্ধুদের নিজের হাতে রাখতে সে এইসব করে।অবশ্য তার কাছে থাকে একটি পিস্তল, যা গ্রামের কেউ জানে না আর জানলেও বা কি? এই গোবেচারা গ্রামবাসিরা তার বিরুদ্ধে কিই বা করবে। চলতে চলতে সে আন্দাজ করে ঝড় আসছে হয়তো, টুপটুপ করে বৃষ্টি পড়ছে, বেশ ঠান্ডাও লাগছে তার। কিন্তু এবার সে কি করবে? বৃষ্টিতে ভিজতে ভিজতেই তাই দ্রুত হাঁটতে থাকে সে। এমন সময় তার পিছন দিক থেকে এক ভারী ও কর্কশ আওয়াজ ভেসে আসে "এই সিরাজুল" কোথায় যাচ্ছিস রে? সিরাজুল পিছন ফিরে দেখে একটি বাচ্চা মেয়ে তাকে হাত মেলে ডাকছে। একেই রাতের অন্ধকার আর তার মধ্যে ঝড় উঠছে ধীরে ধীরে। কিন্তু এই সময় একটা বাচ্চা আসলো কোথা থেকে? তাও আবার এত ভারী কন্ঠ ও এত কর্কশ আওয়াজ।ভয়ের আন্দাজ পেয়ে সিরাজুল জোরে হাঁটতে থাকে, সে বুঝতে পারে তার পিছনে কেউ আসছে। তার গলায় পরে থাকা মাদুলিটি ধরে কিছু মন্ত্র সে জপ করে ও এরপর আস্তে আস্তে তার পিছনে আসা মেয়েটি কোথায় যেনো হারিয়ে যায়। এবার ঝড়ের প্রাদুর্ভাব একটু বেড়েছে, হঠাৎ করেই তার সামনে থাকা একটি ছোট গাছ ভেঙে পরে আর সেই গাছের ধাক্কা সামাল দিতে না পেরে সিরাজুলও পরে যায় মাটিতে। তার নতুন দামি সুগন্ধি মাখানো পাঞ্জাবিটি কাঁদায় ভরে গেলো কিন্তু এরই মধ্যে

একটা অদ্ভুত কান্ড হলো সিরাজুলের গলায় থাকা মাদুলিটি ছিটকে অন্ধকারে অনত্র পরে গেলো। কাঁদা মেখে সিরাজুল চলতে লাগলো, তার মাথার পিছনে খুব আঘাত লেগেছে, সম্ভবত জঙ্গলের পথের কোনো ভারী ইট বা পাথরের আঘাতে। মাথায় পিছনে হাত দিয়ে একটা চ্যাটচ্যাটে তরল সে আন্দাজ করতে পারলো, এটা তো রক্ত। ঠিক এমন সময় সেই বাচ্চার মূর্তিটা আবার তার সামনে এসে দাঁড়ালো। এবার প্রচন্ড বজ্র বিদ্যুতের আলোয় সে দেখতে পেলো এটা তো মুসকান, কিন্তু কি করে এটা সম্ভব? মুসকান তো বহুদিন আগেই মারা গেছে। সাথে সাথেই সিরাজুল তার গলায় হাত দিলো, আর গলায় হাত দিয়ে দেখলো না! গলায় তো সেই বিশেষ মাদুলিটা আর নেই।

এবার সেই বাচ্চা মেয়েটি প্রবল ক্রোধে চেঁচিয়ে বললো আমি মুসকান নোই রে! আমি হলাম "লালপরী।" তুই চেয়েছিলি শুধুমাত্র রাজনৈতিক জোরে এখানকার মানুষদের বোকা বানিয়ে তাদের উপর তোর একনায়কতন্ত্র ফলাতে। তুই চেয়েছিলি কম দামে এখানকার কারিগরদের দিয়ে কাজ করিয়ে সেই জিনিস শহরে বিক্রি করে বেশি মুনাফা লাভ করতে। মনে পরে? যেদিন আজমীরাদের বাড়িতে দূর থেকে মুসকানকে দেখলি, তার কথা শুনলি, সেদিনই তুই বুঝে গিয়েছিলি তোর এই গ্রামে প্রভুত্ব বজায় রাখার পথের একমাত্র কাটা হলো মুসকান।কারণ ও থাকলে তোকে কেউ মানবে না, তোর কথাও কেউ শুনবে না তাই তুই মুসকানকেও এত ভারী কষ্ট দিয়ে মারলি! কি দোষ ছিল ওই সুন্দর ফুলের মতো বাচ্চাটার? লালপরীর গলায় রাগের সাথে কিছুটা আবেগের সুরও প্রকাশ পেলো। এই কথায় ভয়ে আর্তনাদ করে উঠে সিরাজুল বলে- না আমি মুসকানকে সহ্য করতে পারতাম না এটা ঠিক কিন্তু আমি ওকে মারিনি, আমি এই গাঁয়ের লোকেদের ভালো চেয়েছিলাম ওদের জন্যে স্কুল বানাতে চেয়েছিলাম। সিরাজুলের এই কথার উত্তরে এক ভয়ঙ্কর হুঙ্কার ভেসে আসে সেই লালপরীর কন্ঠ দিয়ে। হুঙ্কার দিয়ে সে বলে ওঠে কে স্কুল বানাবে তুই? তুই তো একটা চোর, শুধু তুই কেনো তোর বাপ দাদা সবকটা চোর। তোরা গ্রামপ্রধান হায়দারের থেকে গ্রাম উন্নয়নের কতোটাকা নিয়ে পালিয়েছিলি মনে আছে? আর সেই টাকায় ব্যবসা করে নিজেরা ফুলে ফেঁপে উঠেছিস আর কাশেমপুর গাঁয়ের মানুষেরা বিনা চিকিৎসায় মরেছে। আমাকে দমন করতে দৌড়ে গিয়েছিলি পাশের গাঁয়ের ওয়ালিউল কবিরাজের কাছে। ওয়ালিউলের বহুদিন ধরেই রাগ ছিল আমার উপর আর সেই রাগের বশবর্তী হয়ে ও তোর সাথ দিলো। তোরা নিজের রক্ত দিয়ে পূজো করে ডেকে আনলি সাক্ষাৎ শয়তানের পূজারী জীন "নাহড এদ্দুরকোভ"কে। আর তার দেওয়া সেই মাদুলিই তোকে এতদিন বাঁচিয়ে রেখেছে। তোদের ডাকা শয়তান জীন নাহডের সাথে আমি লড়াইতে প্রথমে হেরে গেছিলাম। তোদের সেই থারাপ জীন অনেক অনেক কষ্ট ও যন্ত্রনা দিয়ে মেরে ফেললো মুসকান কে, যেই মুসকানের কোনো দোষই ছিল না। কিন্তু ওই যে একটা কথা আছে সময় সবার আসে তাই আজ শেষপর্যন্ত এক ভয়ঙ্কর লড়াইয়ে তোদের ডেকে আনা শয়তান জীন নাহডকে আমি নিকেশ করেছি, আর তার পর তোর বন্ধু কবিরাজ ওয়ালিউল যাকে আমি একবার সুযোগ দিয়েছিলাম

ভালো হওয়ার, কিন্তু যারা শয়তানি শক্তির একবার পুজো করে তারা আর ভালো হয় না, তাই সারা জীবনের মতো ওকেও ঘুম পাড়িয়ে দিয়েছি।

(৮)

সিরাজুল অনুভব করলো তার বুকে ভারী ভারী পাথরের চাপ। তার মুখ, কান ও নাক থেকে বেয়ে আসছে রক্তের ধারা। সামনের বাচ্চাটি এখন পরিবর্তন হয়েছে এক গাঢ় লাল আলোয়। সেই লাল আলো আরোও এগিয়ে আসলো সিরাজুলের দিকে ও প্রবল জোরে তার চুলের মুঠি ধরলো আর সাথে সাথেই ঠিকরে বেরিয়ে আসলো সিরাজুলের দুই চোখ, বেরিয়ে আসলো তার জিভ। প্রচন্ড প্রাণভয়ে সে চেঁচাতে গেলো কিন্তু না সেই শক্তি তার আর নেই। তার মাথা ধরে একটানে ধড় থেকে আলাদা করলো সেই লালপরী। সাথে সাথেই একটা বাজ পড়লো সেই স্থানটায়, আর সেই বাজের আঘাতে একটা বড়ো গাছ পারলো সিরাজুলের মাথাহীন দেহে।

তার পরের দিন বিলের মাঠের পাশের জঙ্গলে সিরাজুলের লাশ দেখে গাঁয়ের সকলেই অবাক হলো। কারণ কাল ঝড় বৃষ্টি হয়েছে সেটা গাঁয়ের সবাই জানে কিন্তু সিরাজুলের মৃত্যু হলো কিভাবে? আর যদিও ধরে নেওয়া যায় তার বাজ পরেই মৃত্যু হয়েছে, তবেও এত্ত নৃশংস মৃত্যু তারা আগে দেখিনি। তবে আজ সবাই অবাক হলেও আজমীরা অবাক হয়নি, আজ সে কাঁদবে মন ভরে, আজ দোষীরা শাস্তি পেয়েছে।

ওই যে একটা কথা আছে

"তারা কিন্তু ক্ষমা করে না"

লেখক : সোহম ব্যানার্জী

৬

বিপন্ন রাতের কালো গোলাপ এবং অশরীরী কবিতারা

রাইডার অ্যাপটা থেকে সন্ধ্যের প্রথম ট্রিপটার খবর এল। 'সন্ধ্যের আপাত শান্ত নির্জনতাকে চিরে ফালা ফালা করে দিয়ে একটা তাগিদকে প্রতিষ্ঠা করে দেবে' এই বাণী বুকে করে, গ্রহণযোগ্য কোন একাকিত্ব আর কোলাহলের মাঝামাঝি, দ্বন্দ্ববিহীন এক বৈপরীত্যের সংকেত হয়ে। আজ উনিশে ফেব্রুয়ারী ২০২৫, দুবাইয়ের মাটিতে ভারত-নিউজিল্যান্ড মুখোমুখি হয়েছে চ্যাম্পিয়ন্স ট্রফির ফাইনালে। খেলা শুরু হবার প্রায় মুখে মুখে এন্টালির ননী গোপাল রোডের বাড়ি থেকে বেরিয়েছে স্বরূপ।

আজ এমনিতেই রোববার, কলকাতার রাস্তায় মানুষজন কম। সারাটা সপ্তাহ যে শহরটা কলকলিয়ে ওঠে জীবনের যাবতীয় ব্যস্ত সাউন্ডস্কেপে, সপ্তাহান্তের এই একটি দিনে সে সলিটিউডের আবছায়ায় নিজেকে আপাদমস্তক মুড়ে ফেলে, শব্দ ও শব্দান্তরের মাঝে দৃশ্যগত ফারাক খুঁজতে থাকে। তবু যদি দু-একটা ট্রিপ পাওয়া যায় কোন অদৃশ্য দেব জাদুবলে তবে তা পাওয়া সম্ভব এই নিউটাউন চত্ত্বরেই। এই তথ্য প্রযুক্তিই এমন এক শিল্প যার চাকা রোববারেও গড়ায়। এমনিতেই যত রাত বাড়ে ট্রিপের সংখ্যা বাড়তে থাকে এখানে। বিশেষ করে IT এর মহিলা কর্মীদের বিশেষ পছন্দ এই ট্রান্সপোর্টেশন অ্যাপের বাইক রাইড। স্বস্তা এবং সেফ! স্বরূপের মত শয়ে শয়ে শিক্ষিত বেকার এখন এ লাইনে দিব্যি করে খাচ্ছে।

যাত্রীর লোকেশন দেখাচ্ছে UNITECH SEZ মেইন গেট এর কাছে। হাতের ফোনটা থেকে 'হটস্টার'টা বন্ধ করে বাইকটা স্ট্যান্ড করে নামিয়ে দাঁড়ায় স্বরূপ। রবীন্দ্রতীর্থর মেইন গেটের পাশে বেশ একটু গা সওয়া অন্ধকারের মাঝে গাড়িটা পার্ক

"

করেছিল। মাথায় হেলমেটটা চাপিয়ে ক্লাচ টা চেপে ধরে বাইকটা স্টার্ট দেয় এবার। এর মধ্যেই ট্রিপটা ও একসেপ্ট করে নিয়েছে। জায়গাটা খুব বেশি দূর নয় এখান থেকে। এই যা! খেলাটার কোন আপডেট আর নেওয়া হবে না। তা সে বাহ্যিক হাসি-মজা-আনন্দ এসব রংচঙে জিনিসগুলো চিরকালই হার মেনে এসেছে পেটের খিদের কাছে, এটা অতি অল্প বয়স থেকেই মানতে শিখে গেছে স্বরূপ।

গ্র্যাজুয়েশন করে যখন টাকা পয়সার অভাবে পড়াশুনাটা বেশীদূর আর করা গেলো না, বাড়িতে বাবা বেকার, শারীরিক সামর্থ্য নেই কিছু করার, মায়ের অসুখ সেদিনই স্বরূপ ঠিক করে নিয়েছিল কিছু একটা করতে হবে! কিছু টাকা পয়সা জমাতে হবে। বাইকটা ফিন্যান্সে কিনে নিয়ে এই বাইক রাইডিং অ্যাপে কাজ করা শুরু করেছিল। শুরুতে পেমেন্ট থারাপ না থাকলেও ইদানিং যাত্রীদের সুবিধা টা দেখতে গিয়ে, বিশেষ বিশেষ ডিসকাউন্ট অফার দিতে গিয়ে রাইডারদের দিকটা আর দেখেনা কোম্পানি! পেটে টান পড়ে কিন্তু মুখ ফুটে কিছু বলতে পারেনা স্বরূপ। এটা ছাড়া ও আর কীই বা করত? ফুড ডেলিভারি? ও ধান্দায় যা অপমান সহ্য করতে হয়! স্বরূপের এক বন্ধু ও লাইনে ছিল। একদিন তো প্রচন্ড ফ্রাস্ট্রেটেড হয়ে স্বরূপকে বলেছিল, "দূর শালা রেলে মাথা দিয়ে দেব।" তবু তো স্বরূপ নরমে গরমে যাত্রীদের সাথে ডিল করতে পারে। কখনও সখনও কোম্পানিকে এড়িয়ে ডাইরেক্ট ডিল করে নেয়! ওর মত এত স্বল্প শিক্ষিত ছেলেকে এই বাজারে কেই বা চাকরী দেবে?

এবার ক্লাচটা হাতে চেপে বাইকটায় ফার্স্ট গিয়ার দিল স্বরূপ। হঠাৎই বাইকটা যেন একটু পিছন দিকে ধাক্কা দিল। এতক্ষন তো ছিল না! এমনকি বাড়ি থেকে এতটা চালিয়ে এসেছে স্বরূপ, কই কিছু তো বোঝেনি! ক্লাচপ্লেট এর কোন ইস্যু নাকি? সেকেন্ড গিয়ারেও ঠিক যেন স্পিড নিচ্ছে না! কি করবে স্বরূপ এখন? রাইড টা ক্যানসেল করে দেবে? যদি সেরকম ঝামেলাবাজ পার্টি হয় তাহলে তো কমপ্লেইন ঠুকে দেবে! কিছুক্ষণ মনে মনে ভাবল স্বরূপ। পরে ঠিক করলো সন্ধ্যের প্রথম রাইড! না বউনির টাকা ছাড়া ঠিক হবে না। ট্রিপটা শেষ করে ক্লাচ প্লেটটা খুলে না হয় দেখা যাবে। একটু আস্তেই না হয় যাবে! ইঞ্জিন খুব বেশী গরম না হলেই হল।

চোখ বুজে একবার মায়ের মুখটা মনে করার চেষ্টা করলো স্বরূপ! টেনশনে পড়লে ও এটা করে। মাকে মনে মনে দেবতার মত পুজো করে প্রায়! সামনের ক্লাইওভারে ওঠার মুখে বাঁদিক চেপে এসে দাঁড়াল স্বরূপ। আজ সন্ধ্যের প্রথম অতিথি তাড়াতাড়ি ওর সামনে এসে উপস্থিত হলে ও যেন হাঁপ ছেড়ে বাঁচে! পারফেক্ট লোকেশনেই তো এসে দাঁড়িয়েছে! আজ রোববার বলে এদিকে খাবার দোকানের ঝোপড়িগুলোও বন্ধ। জায়গাটা জুড়ে আজ যেন ছড়িয়ে আছে আরো গাঢ় অন্ধকার। তারই সঙ্গে যেন প্রায় গায়ে গায়ে মিশে আছে কালান্তক শূন্যতার সাথে নিগূঢ় চেতনার রহস্যময় এক কথোপকথন! সেই ফিসফিসানি যেন শুনতে পায় স্বরূপ। আসন্ন বসন্তের মৃদু শিরশিরানি যেন গায়ে এসে লাগে ওর। চোখে মুখে টুকরো টুকরো অস্থিরতা এসে জমা হতে থাকে।

কব্জি ঘুরিয়ে কমদামি রিস্ট ওয়াচটায় সময় দেখে। এখন ঠিক সন্ধ্যে সাড়ে সাতটা। গাড়ির ফুয়েল ট্যাংকারটার ওপর ট্যাঙ্ক ব্যাগটার ভেতর হালকা একটা জ্যাকেট, একটা ছাতা, জলের বোতল, শুকনো কিছু খাবার নিয়ে নিয়েছে। আজ সারারাত ট্রিপ করার ইচ্ছে আছে ওর, একদম কাল ভোর ছটা অবধি! সুতরাং এগুলো ঠিকই লাগবে।

সাতপাঁচ ভাবতে ভাবতে একটা সিগেরেট ধরাতে যাবে, এমন সময় পিছন দিক থেকে একটা ঠান্ডা উপস্থিতি যেন টের পেল স্বরূপ! একটা নারী শরীর! পিছনে ঘাড় না ঘুরিয়েই সেটা দিব্যি বলে দিতে পারে স্বরূপ। কমদিন তো আর এ লাইনে হল না! স্বরূপ জানে প্রতিটা মেয়েশরীরের একটা নিজস্ব গন্ধ আছে। পেছনের সিটে বসা মেয়েদের খোলা চুলের ঢেউ বেয়ে ভেসে আসা মাত্রাহীন সেই সোঁদা সোঁদা গন্ধগুলোয় কিংবা ওদের গা বেয়ে কূলহীন নদীর মত বয়ে এসে কালবেলার সীমাকে অতিক্রম করে, পুরুষ শরীরের কোন গোপন প্রকোষ্ঠে ঢেউ তোলা সুমিষ্ট পারফিউমের গন্ধই যেন ওদের আলাদা করে চিনিয়ে দেয়!

যদিও স্বরূপ ছেলে হিসেবে নেহাত মন্দ নয়। আজ অবধি কোন ফিমেল প্যাসেঞ্জার ওর বিরুদ্ধে 'ব্যাড টাচ' বা 'ফিলদি বিহেভিয়ার' এর কমপ্লেইন করেনি। সুস্হতাকে নিজের জায়গা করে দিতে জানে। পিছন দিকে না ফিরেই ওটিপি টা জিজ্ঞেস করে স্বরূপ, কোন উত্তর আসে না। শুধু দুটো মেয়েলি হাতের স্পর্শ স্বরূপের দুটো কাঁধে এসে পড়ে। সারা শরীরে একটা শিহরণ খেলে যায় ওর! একটা ঝালঝাল এলাচ-দারুচিনি ভাঙা-বারুদ ঘেঁষা-রংমশাল পোঁড়া গন্ধ এসে লাগে স্বরূপের নাকে। একটা আনুমানিক যৌনগন্ধ! এমন গন্ধ হয়তো কোনদিন রোহিণীর শরীর ছুঁয়ে পশমিনা বাতাস হয়ে আসতো, তেতলার ছাতের ঘরে।

সারাদিনের শ্রমে ভেজা ক্লান্তি আর ধারাবাহিক ঘনত্বে পথ চলার একটা স্থির গন্ধ, ঠিক যেমনটা হয়তো আজও সন্ধ্যে সাতটা বাজলে পাড়াগেঁয়ে তুলসীতলা থেকে ভেসে আসে। স্বরূপ মন্ত্রমুগ্ধের মত স্টার্ট দেয় বাইকটা! ওর মস্তিষ্ক অবাস্তব মনোলোগের মত একবার ওকে দিয়ে বলিয়ে নিতে চায়, "হেলমেটটা পড়ে নিন।" অ্যাপটা যেন দুর্বার কোন মোহমায়ায় আপনা থেকেই রুট ম্যাপ দেখতে শুরু করেছে। মোট একুশ মিনিটের রাস্তা, গন্তব্য বেলেঘাটা ID কোয়ার্টারের কাছাকাছি। স্বরূপ বিশ্ববাংলা গেট রেস্তোরাঁর আন্ডারপাস পেরিয়ে সোজা বিশ্ববাংলা সরণী ধরে, ফেয়ারফিল্ড বিল্ডিং, ক্রোমার শোরুম বাঁয়ে ফেলে 'স্বপ্নভোর' মেট্রো স্টেশনের তলা দিয়ে ডানদিকে লেমনফ্রী প্রিমিয়ার বিল্ডিংকে ফেলে রেখে সেক্টর ফাইভের ক্লাইওভারে উঠে পড়ে। পেছনে বসা ছায়াশরীর যেন তখন স্বরূপের দিকে ঝুঁকে পরে ক্রমশঃ ওর শরীরটাকে আঁকড়ে ধরছে। ঠিক যেমন নিঃসঙ্গ, নিশ্চুপ, ছায়াচ্ছন্ন শোভাবাজারের বুকে গ্যাস চুল্লিতে বসানো জ্বলে যাওয়া ভাত আর টক ডালের গন্ধ হয়ে ভেসে থাকা পোড়া বাড়িটাকে চেপে ধরে থাকে, অনন্ত সূর্যাস্ত পেরিয়ে আসা বট অশ্বথের ঝুড়ি। বুড়িয়ে যাওয়া শব্দরা সেখালে খেলা করে সম্পর্কের শরীর জুড়ে। স্তব্ধতার ভিতর ঠিক সেরকম একটা সচেতন শরীরী সঞ্চার

চলতে থাকে ওদের মাঝেও! বাক্যের অবশেষগুলো লেগে থাকে কোণায় কোণায়!

সত্যি স্বনের কি অদ্ভুত কুহক! অন্যান্য দিনের চাপা অস্বস্তিগুলো আজ অনায়াসে যেন কবিতার মত ভালো লাগার বৃষ্টি নামায়। স্বরূপের গোটা পিঠ ভরে থাকে উত্থিত সুডৌল এক জোড়া নারীস্তনে! পৃথিবীর দুই গোলার্ধ এই মুহূর্তে যেন ওর দখলে! রাস্তার দুপাশের তেপায়া বাতিস্তম্ভের গায়ে ঝিকিঝিকি ঝিল্লিওয়ালা এল.ই.ডি স্ট্রিপগুলোর সর্পিল উপস্থিতি, সামনে সান্ধ্যকালীন বাসন্তিক অন্তরীক্ষে ভারী মাথা নিয়ে স্থির হয়ে যাওয়া উদ্ধত বহুতল, আঁধো অন্ধকারে ডুবে গিয়ে বাজারদরের আলো জ্বেলে রাখা কর্পোরেট অফিস, তারই মাঝে অন্তধীর ছায়াপথ হয়ে কালপুরুষ-ধ্রুবতারার উজ্জ্বল জ্যোতির্মন্ডল, মাথার ওপর পূর্ণিমা থেকে সামান্য সরে আসা লালচে চাঁদ, এই সব কিছুই এই ক্ষয়ে যেতে থাকা সন্ধ্যের মায়া মমতায় অনায়াসে ভুলিয়ে দিতে পারে উপস্থিত অতিথির নাম-নক্ষত্র-উদ্দেশ্য-বিধেয়। তবু ভোলা যে যায় না তার কারণ এই যাত্রাপথে চারপাশের সবকিছুই যেন বড় শান্ত সমাহিত! অপূর্ব এক আত্ম সম্মোহন যেন বিরাজ করছে এই শহরের চিরায়ত ধ্বনিপ্রবণ নাগরিক কথকতায়! শুধু এই দৃশ্যময় স্তব্ধতার মাঝে শরীরী বিহঙ্গে অবাধ গতিময়, স্বরূপের সফরসঙ্গিনী। লোলুপ জিহ্বা দিয়ে সে তখন স্বরূপের কানদুটো জুড়ে স্বরবর্ণ চলনে এঁকে চলেছে চুমু আর সিডাক্টিভ ক্রিয়ার বিস্তৃত আল্পনা। গুনগুন করে একটানা দীর্ঘ একটা বাক্যরাজি ভেসে আসে স্বরূপের কানে, প্রবাহ পথে কান পেতে থাকে স্বরূপ। অর্ধ জ্ঞানে অর্ধ নিমজ্জনে স্বরূপ শোনে, অস্থির হাওয়ার সাথে কথোপকথনে যেন কবিতা রচনা হচ্ছে। বড় চাপা সে শব্দ! একমাত্র তীব্র মনোযোগী কোন শ্রোতার অনুভব বোধের উপর নির্ভর করেই যেন ঝরে পড়ছে শব্দজননীর এই আশ্চর্য সংকেতময় বিস্তার! আসা যাওয়ার পথে লুব্ধ চোখে সিগন্যালে কান পাতে স্বরূপ। কল্পনায় চেনার চেষ্টা করে সেই ক্ষীণ অথচ বর্ণময় কাহন।

"একটা খোলা রাত!
চেনাগাছের থেকে অশুচি অন্ধকার ধার চেয়ে নিচ্ছি।
নির্বাক হিংসায় হা-হুতাশ পাগলের দল,
ভয়ের একটা বস্তুবাদী ভীত ছাড়িয়ে
স্নিগ্ধ বালকের ছায়া বোনে,
বাষ্পাকুল আচ্ছন্ন মায়া জীবনের শিকড়ে গিয়ে।
রক্ত ভাঙা গোলাপী গন্ধে ম-ম করে চতুর্দিক!"

লেখক : শাশ্বত বোস

7

অশরীরী মায়া

প্রায় সাত বছর পরে বনবীথির ফোন পেয়ে বেশ চমকেই উঠেছিলাম। কম্পিউটার সাইন্সের তুখোর ছাত্রী বনবীথি যাদবপুর ইউনিভার্সিটি থেকে মাস্টার্স কমপ্লিট করবার পরপরই নামী আই. টি. কোম্পানিতে চাকরি নিয়ে ব্যাঙ্গালোর চলে গেলো। মোটা মাইনের চাকরি। তাছাড়া জীবনে উচ্চাশা কার না থাকে। বাড়ি, গাড়ি, সাজানো গোছানো ফ্ল্যাট, অবাধ জীবনের হাতছানি। কেই বা এড়াতে পারে। স্বাভাবিকভাবেই বীথিও পারেনি। পারিবারিক বাধা বিরোধ উপেক্ষা করেই সে পাড়ি দিয়েছিলো ব্যাঙ্গালোরে।

বীথির সাথে একসাথে পড়াশুনা করলেও ওর মতো অতো মেরিটোরিয়াস স্টুডেন্ট আমি ছিলাম না। তাই একই সাবজেক্টে মাস্টার্স কমপ্লিট করবার পরেও আমি কলকাতায় একটা অ্যাড এজেন্সিতে সিনিয়র এক্সিকিউটিভ হিসেবে কাজে যোগ দিলাম। এভাবেই চলে যাচ্ছিলো বেশ। আজ এতো বছর বাদে আচমকা বীথির ফোন পেয়ে তাই বেশ অবাকই হয়ে গিয়েছিলাম। কারণ বীথি চলে যাবার পর অনেকগুলো বছর ওর সাথে কোনো যোগাযোগই আমার ছিলো না। না সাক্ষাতে, না ফোনে। তবে কি হলো আবার? আজ এতো বছর পরে হঠাৎ কি মনে করে বীথি ফোন করলো? ফোন রিসিভ করতেই বীথি অনর্গল কিছুক্ষণ কথা বলে গেলো। দূরত্ব, বিচ্ছেদ, মানুষকে এমন ভাবেই বাঁধনহারা করে দেয়। তারপর যেটা বললো তা হলো, নেক্সট মান্থে পুজো ভেকেশনে যে টানা ছুটি গুলো আছে, সেই সময় বীথি কলকাতায় আসবে। পুরনো বন্ধুদের সাথে পাঁচ সাত দিন নির্জনে কোথাও কাটাতে চায়। তাই আগে ভাগে আমাকে ফোন করেছে যাতে ওই সময়টা আমি কোথাও এনগেজড না থাকি। আমারও পুজোর হলিডেতে বাইরেই কোথাও যাবার ইচ্ছে ছিলো এবার। তাই আর না করতে পারলাম না। তাছাড়া বন্ধুকে এতোদিন বাদে আবার কাছে পাবো এটাই বা কম কি? সাত পাঁচ না ভেবেই আমি বীথিকে কনফার্ম করে দিলাম।

পরদিন অফিসে ঢুকেই অভীক, সন্বিত আর কঙ্কনাকে ফোন করলাম। ওরাও আমাদেরই সাথে পড়াশোনা শেষ করে বিভিন্ন সেক্টরে কাজ করছে। সন্বিত প্রফেশনাল ফোটোগ্রাফার। অভীক গভমেন্ট এমপ্লয়ী, ব্যাংকার। আর কঙ্কনা একটা এন জি ও হেড। কঙ্কনার আরো একটা বিষয়ে নেশা আছে। সেটা হলো প্যারানরমাল অ্যাক্টিভিটি। এ বিষয়ে ও বেশ কয়েক বছর ধরে পরীক্ষা-নিরীক্ষা চালিয়ে যাচ্ছে। আমরা সায়েন্সের স্টুডেন্ট হয়ে কঙ্কনার এই উদ্ভট বিষয়ে আগ্রহে বরাবর বেশ হাসাহাসি করেছি। কিন্তু তাতে কঙ্কনা কখনোই নীরুৎসাহিত হয়নি, বরং আরো একাগ্রই থেকেছে। আমরা যখন ওকে হেয়ো করবার জন্য প্রশ্ন করেছি গবেষণার এতো বিষয় থাকতেও ও কেন এই বেফালতু বিষয়টা নিয়েই পড়েছে, তখনও ও কখনো মাথা গরম করেনি। মৃদু হেসে প্রসঙ্গটা স্রেফ এড়িয়ে গেছে। মানুষের মস্তিষ্ক যে সব সময় একইভাবে চিন্তা করবে এটা তো নাও হতে পারে। তাই আমরাও আর বেশি ঘাঁটাইনি ওকে।

ফোন করে সবাইকেই জানিয়ে দিলাম যে এবার পুজোর দিন কটা আমরা কলকাতার বাইরে কোথাও কাটাবো। পরে যেন কারো কোনো ওজোর আপত্তি না থাকে তাই আগাম জানিয়ে রাখা। বাইরে যাবো শুনে ওরাও সকলেই এক কথায় রাজি হয়ে গেলো। বস্তুত আমরাও বেশ কিছুদিন ধরেই ভাবছিলাম যে কলকাতার এই জনারণ্যের ভীড়ে প্রাণ যেন হাঁপিয়ে উঠেছে। কিছুদিন নির্মল ছায়ায় মুক্ত শ্বাস নেবার প্রয়োজন আছে। কিন্তু কাজের চাপে কোনো প্ল্যান করে ওঠা হয়নি। তাই আচমকা এই অভাবিত প্রস্তাবে সবাই এক বাক্যে রাজি হয়ে গেলো। এবার হাঁপ ছেড়ে একটু বাঁচা যাবে। সেই মতো আমিও ফোন করে বীথিকে বিস্তারিত জানিয়ে দিলাম আমরা মোট কজন যাবো। এক সপ্তাহের মধ্যেই বনবীথি ট্যুর ডেস্টিনেশন এবং রেল রিজার্ভেশন কনফার্ম করে আমায় জানিয়ে দিলো। আর তার সাথে এও জানালো যে ও একেবারে নির্দিষ্ট দিনে হাওড়া স্টেশনে আমাদের সাথে মিট করবে।

গন্তব্য দার্জিলিং। কলকাতার এই জনঅরণ্য আর দূষণকে বিদায় দিয়ে কদিন পাহাড়ের কোলে নিশ্চিন্ত সুখ যাপন। ভেবেই আমার কেমন যেন মনটা ঝিলমিল করে উঠলো। তাছাড়া ছুটির অবকাশে পুরনো বন্ধুদের সাথে শীতল পাহাড়ের কোলে হারিয়ে যাওয়ার একটা মজাই আলাদা।

যথারীতি নির্দিষ্ট দিনে আমরা সবাই হাওড়া স্টেশনে একঘন্টা আগেই পৌঁছে গেলাম। একে অপরকে দেখে আশ্বস্ত হলাম। একটা চা'য়ের স্টলে দাঁড়িয়ে সবাই চা খাচ্ছি এমন সময় দূর থেকে বনবীথিকে ভীড় ঠেলে হাত নেড়ে এগিয়ে আসতে দেখলাম। আমি এগিয়ে গিয়ে বীথিকে জড়িয়ে ধরলাম। এতো বছর পর প্রিয় বান্ধবীকে এভাবে কাছে পেয়ে অতীতের জল রং স্মৃতি গুলো আবার জীবন্ত হয়ে ধরা দিলো। বুক জুড়ে একটা ভালো লাগার আবেশ ছড়িয়ে পড়তে থাকলো। আমি ওকে জিজ্ঞেস করলাম "কিরে ভালো আছিস তো? মনে আছে আমাদের ফেলে আসা অতীত দিনগুলোর কথা? আমার সময় তো এখনো সেখানেই আটকে আছে রে।" এই কথা শুনে বনবীথি এক

মুহুর্তের জন্য থানিক অপ্রস্তুত হয়ে গেলো। তারপর ধাতস্থ হয়েই বললো "অনিকেত তুই আজও সেইরকমই রোমান্টিক আছিস। আজও তোর চোখের ভাষা আমি পড়তে পারি না রে। আজীবন তোর মনের ঘরের বাইরে থেকে কেবল কড়া নেড়েই গেলাম। দরজা আর খুললি না। সে যাক। চল চল, কম্পার্টমেন্ট খুঁজে সিট নাম্বার মিলিয়ে আগে বসি, তারপর বাকি কথা হবে। সবাই মিলে সবার লাগেজপত্র বয়ে নিয়ে নির্ধারিত কম্পার্টমেন্টে উঠতেই কিছুক্ষণের মধ্যে ট্রেন স্টেশন ছেড়ে তার যাত্রা শুরু করলো। আমাদের সবার মনেই একটা আনন্দের স্রোত বয়ে যাচ্ছিলো। ট্রেন চালু হ'তেই সম্বিত জানালা দিয়ে ওর ডি এস এল আর ক্যামেরার লেন্সে ছুটন্ত প্রকৃতির স্থির চিত্র ক্যাপচার করতে লাগলো। আর অভীক সবার লাগেজ গুলোকে উপরে নীচে অ্যাডজাস্ট করতে ব্যস্ত হয়ে পড়লো। কঙ্কনা শুধু মাত্র এক পাশে চুপচাপ বসে রইলো। বনবীথির সাথে পুনর্মিলনের উচ্ছ্বাসে আমাদের কারো খেয়ালই হলো না কঙ্কনার অন্যমনস্ক হ'য়ে থাকাটা। অফুরন্ত গল্পের সম্ভার নিয়ে আমরা বসে গেলাম। রাত্রে আমরা সবাই থাবার খেলেও কঙ্কনা বেশি কিছু খেলো না। সামান্য একটু স্যান্ডউইচ খেয়েই ও লোয়ার বার্থে শুয়ে পড়লো। এতক্ষণে আমার খেয়াল হলো, কঙ্কনাকে স্বাভাবিক লাগছে না। সাধারণত ও খুব কথা বলতে ভালোবাসে। সবার সাথে খুব সহজেই মিলেমিশে যেতে পারে। সবাইকে খুব সহজেই আপন করে নিতে পারে। এইরকম একটা মেয়ে ট্রেনে উঠবার পর থেকেই কেমন যেন নিষ্প্রভ হয়ে গেছে। ওকে ওর ছন্দে মোটেই পাওয়া যাচ্ছে না। তবে কি ওর শরীর টরীর থারাপ হলো? একবার জিজ্ঞেস করলাম। কোনো উত্তর দিলো না। ফের একবার জিজ্ঞেস করাতে যথারীতি খেঁকিয়ে উঠে বললো "আমাকে একটু একা থাকতে দিবি তোরা?" আমি আর কোনো কথা বাড়ালাম না। মনে হলো কোনো কারনে ডিস্টার্বড আছে। তাই হয়তো কথা বলতে চাইছে না। কাল সকালে দেখা যাবে। নির্দিষ্ট সিটে উঠে আমি শুয়ে পড়লাম।

সকাল হতেই দেখা গেল সকলে কঙ্কনাকে নিয়ে ব্যতিব্যস্ত হয়ে পড়েছে। জিজ্ঞেস করলাম "কি ব্যাপার কি হয়েছে?" অভীক বললো "জ্বরে কঙ্কনার গা একেবারে পুড়ে যাচ্ছে। কি করা যায় বলতো?" আমি বললাম "দাঁড়া মেডিসিন বক্সে ফিভারের ওষুধ আছে। আমি বের করে দিচ্ছি। ওকে থাইয়ে জল থাইয়ে দে। ওষুধ পড়তেই কঙ্কনার জ্বরটা কিছুক্ষণের মধ্যে নেমে এলো। শান্ত হ'য়ে ও এখন জানলার কাছে বসে বাইরের দিকে চেয়ে আছে। আমি বললাম "কিরে ঠিক আছিস তো? এখন শরীর কেমন লাগছে?" কঙ্কনা কেবল ঘাড় কাত করে ইশারায় জবাব দিলো, সে এখন ঠিক আছে।

দার্জিলিংয়ে যে লজটায় এসে আমরা উঠলাম সেখানে আগে থেকেই আমাদের তিনটে রুম বুক করা ছিলো। লজের কেয়ারটেকার আমাদের রুম আনলক করে দিয়ে লাগেজপত্র আনতে নীচে চলে গেলো। আমরাও যে যার ওয়াশরুমে গিয়ে ফ্রেশ হয়ে নিলাম। দার্জিলিংয়ের প্রাকৃতিক শোভা বড়ই মনোলোভা। পাহাড়ের খাঁজে খাঁজে স্থানীয় মানুষের বসতি। আঁকাবাঁকা রাস্তার দুপাশ জুড়ে লম্বা লম্বা পাহাড়ি গাছের সারি। পুরো

উপত্যকাটা যেন সবুজের চাদরে মোড়া। শাল, পাইন, বার্চ, ওক গাছগুলোর যেন অহংকারে সদা উন্নতশির। পাহাড়ি জঙ্গলের ভিতর কোথাও কোথাও বুনো অর্কিডের মন মাতানো অচেনা সুবাসে চারদিক যেন ছেয়ে আছে। সবাই ঠিক করলাম আজ দুপুরে লাঞ্চ সেরে নিয়ে লজের আশপাশটা একটু ঘুরে দেখবো। সেইমতো কেয়ারটেকারকে নির্দেশ দিয়ে লজের বাইরে খোলা লনটাতে হাত পা ছড়িয়ে একটু পায়চারি করতে লাগলাম। এতো দূরের ট্রেন জার্নিটায় বেশ ধকল গেছে সবার। এমন সময় বন বীথিকে আমার দিকে ধীর পায়ে এগিয়ে আসতে দেখলাম। জিজ্ঞেস করলাম "কিরে কেমন লাগছে বল? এতো জায়গা থাকতে তুই হঠাৎ আমাদের নিয়ে এই দার্জিলিঙে এলি যে? বিশেষ কোনো ব্যাপার ট্যাপার আছে নাকি? থাকলে বলে ফ্যাল। মনের মধ্যে কোনো কথা লুকিয়ে রাখিস না। এই সুন্দর প্রাকৃতিক শোভার মধ্যে নিজেকে একেবারে খুলে মেলে দে।" লক্ষ্য করলাম কথাগুলো শুনেও ওর কোনো আবেগ বা অভিব্যক্তির প্রকাশ পেলো না। খুব চিন্তিত মনে আমার সামনে এসে দাঁড়ালো। তারপর বললো- "অনি, কঙ্কনাকে আমার স্বাভাবিক মনে হচ্ছে না রে। ওর বোধহয় কোনো কারনে খুব আন ইজি ফিল হচ্ছে।" জিজ্ঞেস করলাম- "কেন কি করে বুঝলি?" বীথি বললো- "না রে কারো সাথে ও কোনো রকম কথাবার্তা বলছে না। একা একা ওর রুমে দরজা বন্ধ করে বসে আছে। আমি বললাম- "ট্রেন জার্নিতে হয়তো কাবু হয়ে পড়েছে। একটু রেস্ট নিক, দেখবি ওবেলা একেবারে ঠিক হয়ে যাবে।" একথা শুনেও বনবীথি আশ্বস্ত হলো না। বরং আরো গভীর চিন্তায় মগ্ন হয়ে গেলো। আমি ভরসা দিয়ে বললাম- "বলছি তো ঠিক হয়ে যাবে। আয় তো এখন আমার সাথে এখানটাতে বোস। তোর সাথে আমার দরকারি কিছু কথা আছে।" বনবীথি এগিয়ে আসতেই ওর হাতখানা আমার হাতের মধ্যে নিয়ে বললাম- "ক্যারিয়ার গড়তে তোর কি অতো দূর দেশে যাওয়ার কোনো দরকার ছিলো? কলকাতায় কি কোনো ভালো কাজ তুই পেতিস না? হৃদয়ের বন্ধন ছেড়ে অতো দূরে গিয়ে সত্যিই কি তুই ভালো আছিস বীথি? আমি তো ভালো নেই। সবই আছে তবুও যেন কি একটা শূন্যতা আমায় সর্বক্ষণ ঘিরে আছে। সেই শূন্যতা কি তুই পূর্ণ করে দিতে পারতিস না বল?" বনবীথি বিস্ময়ে বাকরুদ্ধ হয়ে যায়। চাঁদের মতো মায়াময় মুখখানা লজ্জায় লাল হয়ে ওঠে। আমাকে কি বলবে বুঝে উঠতে পারে না। কম্পিত পায়ে ফিরে যায় লজের রুমের দিকে। আমিও উদ্বিগ্ন হয়ে পিছু ডাকি। "বীথি শোন শোন। উত্তর দিয়ে যা।" ওদিক থেকে কোনো জবাব আসে না।

দুপুরে লাঞ্চে বেশ জবরদস্ত খাওয়া দাওয়া ছিলো। সাদা ভাত, কাতলা মাছের কালিয়া, নারকেল চিংড়ি, দেশি মুরগির মাংস, স্যালাড, চাটনি, পাঁপড় ভাজা, শেষ পাতে দই, মিষ্টি একেবারে এলাহী ব্যাপার। সবাই বেশ তৃপ্তি করে খেলাম। কিন্তু লক্ষ্য করলাম, কঙ্কনা কিছুই প্রায় মুখে দিলো না। পাতে ভাত নিয়ে খানিক নেড়েচেড়ে উঠে গেলো। আমরা এর ওর মুখের দিকে চাওয়া চাওয়ি করে অবশেষে উঠে পড়লাম।

বিকেলে ঘুরতে বেরোবার আগেই অভীক এসে খবর দিলো কঙ্কনার আবার ধুম জ্বর এসেছে। সে তার রুমের মধ্যে শুয়ে বিড় বিড় করে কি সব যেন বকে যাচ্ছে। ছুটে গিয়ে দেখলাম কঙ্কনার সত্যিই ভীষণ জ্বর। জ্বরের ঘোরে সে ক্রমাগত ভুলভাল বকে যাচ্ছে। এই অবস্থায় ওকে নিয়ে বেরোনো তো যাবেই না, ওকে একলা রেখেও যাওয়া যাবে না। তাই আমরা ঠিক করলাম আশেপাশে কোনো ডাক্তার থাকলে এখনই তাকে নিয়ে আসতে হবে। সুতরাং বীথিকে কঙ্কনার কাছে বসিয়ে রেখে আমরা তিনজন বেরিয়ে পড়লাম। খোঁজ নিয়ে জানা গেল দূরের ওই পাহাড়ের দিকে টিলাটা পার হয়ে গেলেই একটা বাজার পড়ে। আর সেখানেই একজন ডাক্তার বসেন। হাঁটতে হাঁটতে তিন বন্ধু এগিয়ে চললাম। প্রথমটায় মনে হয়েছিল টিলাটা পার হ'তে বেশিক্ষণ লাগবে না। কিন্তু পাহাড়ি রাস্তায় ঘুরে ঘুরে সেখানে পৌঁছতে সন্ধ্যে হয়ে এলো। ডাক্তার বাবুকে বিস্তারিত সব বলার পর তিনি যেতে রাজি হলেন না। বললেন- "তেমন কোনো সিরিয়াস ব্যাপার না। জ্বরের ওষুধ আর কটা অ্যান্টিবায়োটিক দিলেই সুস্থ হয়ে যাবে। আবহাওয়া পরিবর্তনের কারণেই এমনটা হয়েছে। চিন্তার কিছু নেই। যান ওষুধগুলো নিয়ম মতো খাইয়ে দিন গিয়ে, দেখবেন ঠিক হয়ে গেছে।" আমরাও আর জোরাজুরি না করে ওনার ফিজ দিয়ে ওষুধ নিয়ে বেরিয়ে পড়লাম। বাইরে বেরিয়ে দেখলাম অন্ধকার নেমে এসেছে। মোবাইলের ফ্ল্যাশ লাইট জেলে অনেক কষ্টে রাস্তা ঠাহর করে আমরা লজে ফিরে এলাম।

বাইরে থেকে দরজায় নক করতেই দরজা খুলে বীথি ভেতর থেকে দৌড়ে বাইরে বেরিয়ে এলো। ওর চোখে মুখে এক অজানা আতঙ্কের ছাপ। সোজা ছুটে এসেই আমায় জড়িয়ে ধরলো। আমি জানতে চাইলাম "কি ব্যাপার কি হয়েছে? এতো ভয় পেয়েছিস কেন?" বীথি রীতিমতো গোঙাতে লাগলো। স্পষ্ট করে কিছুই বলতে পারলো না। শুধু হাত দিয়ে ঘরের ভেতর ইশারা করলো।

আমি সম্বিত আর অভীক তিনজনেই ছুটে গেলাম। বীথি আর কঙ্কনা যে রুমে থাকে সেই রুমের ভেতরে উর্ধ্বশ্বাসে তীরের বেগে গিয়ে ঢুকলাম। দেখলাম কঙ্কনা খাটের উপরে মাথা ঝুঁকিয়ে বসে আছে। আর ওর মুখ থেকে শুধু ঘড় ঘড় করে একটা আওয়াজ বের হচ্ছে। আমি ওকে ডাকলাম "কিরে কঙ্কনা কি হয়েছে তোর? এরকম করছিস কেন? তাকিয়ে দেখ আমার দিকে। আমরা তোর জন্য ওষুধ এনেছি। নে নে জল দিয়ে এগুলো খেয়ে নে তো শিগগির করে।" কথা শেষ করতে পারলাম না হঠাৎ করেই কঙ্কনা খাটের উপর সোজা হয়ে দাঁড়িয়ে পড়লো। চোখ দুটো টকটকে লালবর্ণ। পরিস্কার মুখমন্ডলে কালো কালশিটে দাগ। সমস্ত চুল গুলো এলোমেলো হয়ে হাওয়ায় উড়ছে। ভয়ংকর ঘড় ঘড়ে আওয়াজ করে বলে উঠলো "আমায় তোরা মুক্তি দে।" বলেই সম্পূর্ণ দেহটাকে শূন্য তুলে অদ্ভুতভাবে গোঙাতে থাকলো। আমি তো কিংকর্তব্যবিমূঢ় হয়ে হাঁ করে খালি তাকিয়ে আছি কঙ্কনার দিকে। সম্বিত ওর হাতটা ধরে মেঝেতে নামাবার চেষ্টা করলো। কিন্তু কিছুতেই ওকে নামাতে পারলো না। আমরা সবাই সাইন্সের স্টুডেন্ট। সুতরাং ঘটনার আকস্মিকতায় আমরা সাময়িকভাবে হতভম্ব হয়ে গেলেও এই ঘটনার

বিজ্ঞানসম্মত ব্যাখ্যা খোঁজার চেষ্টা করেও কোনো কূল কিনারা পেলাম না। যতোবার বলি, কঙ্কনা কি হলো তোর? ততোবারই ও ঘড় ঘড় করে বিকট আওয়াজ করে, আর বলে- "আমায় তোরা মুক্তি দে।"

প্যারানরমাল অ্যাক্টিভিটি নিয়ে চর্চাকে আমরা এককথায় স্রেফ বুজরুকি বলেই জানতাম। এই নিয়ে কঙ্কনাকে কতোবার কতো প্রশ্ন বানে আমরা জর্জরিত করেছি। তবুও এই বিষয়ে ওর মতামতকে কোনো গুরুত্বই আমরা কখনো দিইনি। অথচ আজকের এই পরিস্থিতিতে দাঁড়িয়ে আমরা প্যারা নরমাল অ্যাক্টিভিটি চোখের সামনে প্রত্যক্ষ করছি।

কঙ্কনা আবার ঝুপ করে খাটের উপর এসে পড়লো। পড়েই সেন্সলেস হয়ে গেলো। অভীক ওর মাথায় মুখে জলের ছিটে দিতে থাকলো। বীথি এই পরিস্থিতিতে ভয়ানক ভাবে ঘাবড়ে গেলো। ওর মুখ থেকে আতঙ্কে কোনো শব্দই বের হচ্ছে না। শুধু আমার হাতটা শক্ত করে ধরে ও কাঁপতে থাকলো। এরপর প্রায় ঘন্টাখানেক কঙ্কণার মধ্যে আর কোনো হেলদোল লক্ষ্য করা গেলো না। খাটের উপর অবিন্যস্ত ভাবে ও শুয়ে পড়ে রইলো।

আমরা বেশ বুঝতে পারলাম কতো বড়ো বিপদের মুখে আমরা পড়ে গেছি। কঙ্কনাকে আর ঘাঁটালাম না। ওকে ওই ঘরে রেখে আমরা অন্য রুমে গিয়ে বসলাম। বীথি আর কঙ্কনা একটা রুমেই থাকতো। এখন বীথিকে আর কঙ্কনার রুমে পাঠানো যাচ্ছে না। ও আর কঙ্কনার সাথে থাকতেই চাইছে না। অতঃপর সবাই মিলে বসে একটা আলোচনা করে নিলাম। এই অবস্থায় এখানে আর থাকাটা আমাদের পক্ষে বুদ্ধিমানের কাজ হবে না। সুতরাং কালই কলকাতার উদ্দেশ্যে বেরিয়ে পড়তে হবে। ট্রেন না হলে বাসেই।

রাত দশটা নাগাদ আমরা সবাই ডিনার সেরে নেবার জন্য বসলাম। সম্বিতকে পাঠালাম কঙ্কনাকে ডিনার টেবিলে নিয়ে আসার জন্য। খানিক বাদে কঙ্কনা এসে ডিনার টেবিলে বসলো। আমি জিজ্ঞেস করলাম "কিরে কঙ্কনা এখন কেমন ফিল করছিস? তোর কোথায় সমস্যা হচ্ছে? জানিস তো আগামীকালই আমরা কলকাতায় ফিরে যাবো ঠিক করেছি। তোর এই অবস্থায় আর এখানে স্টে করবার কোনো ইচ্ছে আমাদের নেই।"

মুখের কথা শেষ করতে পারলাম না, হঠাৎ করে কঙ্কনা একটা ভয়ানক তীক্ষ্ণ চিৎকার করে উঠলো। সে চিৎকার এতোটাই অসহ্য যে আমরা সবাই দু'হাতে কান চেপে ধরলাম। মনে হলো যেন ঘরের জানলা, দরজা দেয়াল, ছাদ, সব এখনি ভেঙে চুরে উড়ে যাবে। বীথি টেবিল ছেড়ে উঠে এসে আতঙ্কে আমায় জড়িয়ে ধরলো। কঙ্কনা আবার সেই ঘড় ঘড় করে বলতে থাকলো " আমায় তোরা মুক্তি দিয়ে যা। আমি আটকে আছি। আমায় তোরা মুক্ত করে দে।" বলেই আবার সেই কান ফাটানো চিৎকার করতে থাকলো। সেই ভয়াবহ চিৎকার শুনে লজের কেয়ারটেকার ছুটে এসে দরজা দিয়ে ঢুকতেই কঙ্কনার মুখের দিকে তাকিয়ে প্রচন্ড ভয় পেয়ে গেলো। তারপর বীথির দিকে

চোখ পড়তেই কেয়ারটেকার পরিমড়ি করে ছুটে বাইরে বেরিয়ে গেলো। ডেকেও তাকে আর ফেরত আনা গেলো না। এরই মধ্যে কঙ্কনা মনে হলো যেন উড়ে ঘর থেকে বেরিয়ে লজের পিছন দিকটার জঙ্গলে চলে গেলো। অভীক মোবাইলের ফ্ল্যাশ লাইটটা জ্বেলে ওর পিছনে ছুটে গেলো। আমরাও অভীককে অনুসরণ করলাম। অনতিদূরেই ফ্ল্যাশ লাইটের কমজোর আলোয় আমরা দেখলাম, কঙ্কনা জঙ্গলের মধ্যে একটা পাইন গাছকে জড়িয়ে ধরে দাঁড়িয়ে আছে। আমরা চেঁচিয়ে ডাকলাম ওকে। কিন্তু ও স্থির হয়ে দাঁড়িয়েই রইলো। আমি একটু এগিয়ে যাবার মনস্থ করতেই দেখলাম কঙ্কনা সর সর করে পাইন গাছটা বেয়ে গাছের একেবারে মগডালে গিয়ে বসেছে। আমরা হতবাক হয়ে দাঁড়িয়ে দেখছি। যে মেয়ে সিঁড়ি বেয়ে ছাদে উঠতে ভয় পায়, সেই মেয়ে কিনা এইভাবে এতো উঁচু গাছে এইরকম ক্ষিপ্র গতিতে উঠে গেলো! এর কোনো যুক্তিগ্রাহ্য ব্যাখ্যা আমরা পেলাম না। মোবাইলের আলোতে গাছের ওপরটা ভালো করে দ্যাখাও যাচ্ছে না। আমি কঙ্কনার নাম ধরে জোরে ডাকলাম। মুহুর্তের মধ্যেই দেখলাম সেই মগডাল থেকে কঙ্কনা আবার সর সর করে তীর গতিতে নেমে এলো। এসে গাছটাকে জড়িয়ে ধরে হঠাৎ ডুকরে কেঁদে উঠলো। তারপর আচমকা গাছের গোড়ায় অজ্ঞান হ'য়ে পড়ে গেলো। আমরা সবাই ধরাধরি করে ওকে ওর রুমের মধ্যে শুইয়ে দিয়ে এলাম। সারারাত একরকম বসেই কাটলো। সমস্ত রাত ধরে কঙ্কনার রুম থেকে সেই ঘড়ঘড়ানি আওয়াজটা আসতেই থাকলো। ভোর রাতের দিকে পরিবেশ একেবারে সুনসান নিশ্চুপ হয়ে গেলো। দিনের আলো ফুটতেই আমরা সবাই লাগেজপত্র গোছগাছ করে নিলাম। কঙ্কনার রুমে ঢুকে দেখলাম ও নিস্তেজ হয়ে বিছানায় পড়ে আছে। ওকে কোনো রকমে ধরে উঠিয়ে ড্রেস করিয়ে আমরা বেরিয়ে পড়লাম। বেরোবার সময় লজের কেয়ারটেকারকে ডেকেও তার কোনো সাড়া শব্দ পাওয়া গেলো না। আমরা সবাই কলকাতার উদ্দেশ্যে রওনা দিলাম।

কলকাতায় এসেই কঙ্কনাকে ওর বাড়িতে পৌঁছে দিলাম। ওর বাড়িতে সবাই খুব উদ্বিগ্ন হয়ে পড়লো। ওদেরকে এই বিষয়ে একজন ভালো সাইক্রিয়াটিস্টের পরামর্শ নিতে বললাম। তারপর যে যার বাড়ির উদ্দেশ্যে রওনা হয়ে গেলাম। বীথি যাবার সময় আমায় বললো "আমি চলি রে। আবার কখনো দেখা হবে কিনা জানি না। তবে এটা ঠিক, আমি কিন্তু শুধু তোর জন্যই এখানে এসেছিলাম। প্রবাসী মনের এই দরজায় আজও আমি তোরই অস্তিত্ব টের পাই। একথা বলতেই এসেছিলাম। যাক, পারলে একবার আমাদের বাড়িতে আসিস।" আমি সাগ্রহে বললাম "তোর বাড়িটা যেন কোথায়? শ্যামনগরের ওই দিকটাতে না? কোনোদিন যাইনি তো।" বীথি বললো "হ্যাঁ শ্যামনগরেই আমার বাড়ি।" ঠিকানাটা বলেই বীথি আর দাঁড়ালো না। হনহন করে হেঁটে ভীড়ের মধ্যে মিশে গেলো। ভালোবাসার গোপন উপলব্ধিগুলো ধীরে ধীরে আমার মনেও কড়া নাড়তে লাগলো। বাড়িতে এসে সব সময় বীথির কথাই মনের কোণে উঁকি দিতে লাগলো। বীথি আবার ব্যাঙ্গালোরে ফিরে যাওয়ার আগে অন্তত একবার ওর সাথে দেখা করতেই হবে। যেমন ভাবা তেমন কাজ। মোবাইলে ওকে ধরবার চেষ্টা করলাম। কিন্তু

যতোবার নম্বর ডায়াল করলাম ততোবারই নট রিচেবল বললো। ঠিক করলাম আজ বিকেলেই বীথির বাড়িতে যাবো। শ্যামনগরে নেমে রিক্সাওয়ালাকে ঠিকানাটা বলতেই আমায় বীথির বাড়ির সামনে নামিয়ে দিলো। দরজার সামনে গিয়ে দরজা নক করলাম। এক বয়স্ক বৃদ্ধা খুব সম্ভবত বীথির মা দরজা খুলে বেরিয়ে এলেন। আমি বীথির বন্ধু শুনে ঘরের ভেতরে আসতে বললেন। আমি ঘরে ঢুকেই বললাম "মাসিমা বীথিকে একটু ডেকে দিন না। ওর সাথে কিছু কথা আছে।" আমার এ কথা শুনে বৃদ্ধা আমার মুখের দিকে হাঁ করে চেয়ে রইলেন। আমি বললাম "কি হলো ডাকুন, আমায় আবার ফিরে যেতে হবে।" শুনে বৃদ্ধা তার আঙুল দিয়ে পাশের দেওয়ালের দিকে ইঙ্গিত করলেন। আমি সেদিকে ফিরে তাকাতেই আমার পায়ের নীচ থেকে মাটি সরে গেলো। আমার মস্তিষ্ক একেবারেই অবশ হয়ে এলো। এ আমি কি দেখছি? দেওয়ালে বীথির ছবিতে একটা ফুলের মালা টাঙানো। বিস্ময়ের ঘোর কাটতে বীথির মাকে জিজ্ঞেস করলাম "কি করে হলো এসব? গত সপ্তাহেই তো আমরা দার্জিলিং থেকে ফিরলাম। এরই মধ্যে....।"

শুনে ওর মা বললেন- "তিন মাস আগে বীথি বাড়ি এসে বললো ওর কোন অফিসের কাজে ওকে দার্জিলিং যেতে হবে। সেখানে সপ্তাহ খানেকের কাজ সেরে ওর ফিরবার কথা ছিলো। কিন্তু ফিরে আর ও এলো না। ওখানে যে লজে ও ছিলো সেখানেই ওকে কে বা কারা খুন করেছিলো। লজে যে রুমটাতে ও ছিলো সেখানে খালি ওর কাটা মাথাটা পড়ে ছিলো। বডিটা পাওয়া যায়নি। পুলিশ রহস্যময় খুনের কেস রুজু করেছে।" বলেই বৃদ্ধা হাউ হাউ করে কাঁদতে লাগলেন। আমি একেবারে হতভম্ব হয়ে বসে রইলাম। আর ভাবতে থাকলাম এটা যদি সত্যি হয় তাহলে আমাদের সাথে দার্জিলিঙে যে গিয়েছিলো সে কে? সারা রাস্তা ভাবতে ভাবতে বাড়ি ফিরলাম। পর পর অংকটা মেলাবার চেষ্টা করলাম। দার্জিলিং যাওয়া, কঙ্কনার শরীর খারাপ হওয়া, উন্মত্ত অবস্থায় কঙ্কনার সেই কথাগুলো "আমায় তোরা মুক্তি দে", আর লজের কেয়ারটেকারের কঙ্কনাকে এবং শেষে বীথিকে দেখে আঁতকে উঠে পালিয়ে যাওয়া, সব কেমন যেন ধীরে ধীরে পরিষ্কার হয়ে আসছে।

পরদিনই দার্জিলিঙের উদ্দেশ্যে রওনা হলাম। সেই লজে গিয়ে স্থানীয় থানাতে দেখা করে আমার আশঙ্কার কথা ও সি কে বললাম। তিন মাস আগে লজে যে মেয়েটা খুন হয়েছিলো তার বডিটা এখনো পাওয়া যায়নি শুনে থানার অফিসার কে বললাম- "স্যার আপনাদের ফরেন্সিক টিম নিয়ে একবার লজে চলুন আমার সাথে, বডিটা পাওয়া যায় কিনা দেখি।" অফিসার সন্দিগ্ধ হয়ে আমার দিকে তাকাতে আমি তাকে পুরো ঘটনাটা প্রথম থেকে শেষ পর্যন্ত বর্ণনা করলাম। তিনি বিশ্বাস করতে চাইলেন না। আমি অফিসারকে বললাম- "অস্বাভাবিক অবস্থায় কঙ্কনা বলেছিলো "আমায় তোরা মুক্তি দে", তারপর সে জঙ্গলের মধ্যে একটা পাইন গাছকে জড়িয়ে ধরে ছিলো। ওই গাছটার আশেপাশে একটু খুঁড়ে দেখলেই আমার মনে হয় বীথির বডিটা পাওয়া যাবে।" ও সি আমার কথা বিশ্বাস না করলেও আমি জোরাজুরি করাতে দুজন ফরেন্সিক

অফিসার নিয়ে সেই লজে গেলেন। এবং নির্দিষ্ট পাইন গাছটার আশেপাশে খোঁড়াখুঁড়ি চালাতে লাগলেন। এমন সময় লজের সেই কেয়ারটেকারটিকে দেখে তাকে ধরে জিজ্ঞেস করলাম "তুমি সেদিন ঐরকম ভাবে পালিয়ে গিয়েছিলে কেন?" শুনে সে বললো- "আপনাকে সেদিন যে ম্যাডাম জড়িয়ে ধরেছিলো, ওই ম্যাডামেরই কাটা মাথা এই রুমে পাওয়া গিয়েছিলো। তাই ওই ম্যাডামকে আবার আপনার সাথে দেখে আমি ভয়ে পালিয়ে গিয়েছিলাম।" এরই মধ্যে থানার ও সি আমায় ডেকে পাঠালেন। আমি গিয়ে দেখলাম পাইন গাছটার অনতি দূরেই খোঁড়া একটা গর্তের মধ্যে একটা পচা গলা বিকৃত দেহাবশেষ। ফরেন্সিক টিম সেই দেহাবশেষের দুটা আঙুল থেকে দুটো সোনার আংটি সংগ্রহ করলেন। এবং তদন্তের স্বার্থে সেগুলো সংরক্ষণ করলেন। পরে বীথির মা সেই আংটি দুটো দেখে সেটা বীথির আংটি বলেই শনাক্ত করেছিলেন।

আমি তখন লজের পিছন দিকটার জঙ্গলের দিকে অপলক চোখে তাকিয়ে ছিলাম। আর ভাবছিলাম ভালোবাসার কতো রকম রূপ আমরা চিনি, জানি। আবার ভালোবাসার কতো রকম প্রকাশ আমাদের অজানাই থেকে যায়। সারা জীবন সে ভালোবাসারা রহস্যাবৃতই থেকে যায়। সে রকমই একটা অব্যক্ত অপূর্ণ প্রেমের উপাখ্যান ছিলো আমার আর বীথির।

৬৩

লেখক: অম্লান কান্তি দাস

৪

ভুতুড়ে প্রত্যাবর্তন

কাঁপা - উত্তর চব্বিশ পরগণার একদম এক কোণে নদীয়া জেলার প্রায় সংযোগস্থলে একটি পঞ্চায়েত এলাকা। তবে পঞ্চায়েত এলাকা বলতে, যেমন একটা গ্রাম্য জনপদ - মাটির বাড়ি, ক্ষেত খামার বা পর্যাপ্ত গাছপালা সমৃদ্ধ "ছায়া সুনিবিড়, শান্তির নীড় আমাদের ছোট ছোট গ্রাম গুলি"র মতো বিশ্বকবির কল্পনায় আঁকা সেই গ্রাম কিন্তু মোটেও নয়। আধুনিকতার প্রায় সব বৈশিষ্ট্যগুলোই এখানে মোটামুটি কমবেশি বর্তমান। টোটো, অটো, চওড়া পিচ ঢালা বাস চলাচলের পাকা রাস্তা - অবশ্য বারংবার সরাসরি বিভিন্ন মুখী প্রকল্পের কাজে খোঁড়াখুঁড়ির দৌলতে তার বর্তমান বেহাল অবস্থা গর্ব করে আর বলার মতো অবস্থায় নেই। রকমারি দোকানপাট, পঞ্চায়েতের তরফে উন্নত জল সরবরাহ ব্যবস্থা - কি নেই এখানে। এমনকি উনিশশো একাওরের ভারত বাংলাদেশ বা মুজিবের মুক্তিযুদ্ধের সময়ে এখানে একটা ছোট যুদ্ধ বিমান ওঠানামার জন্য বিমানবন্দরও ছিল মিলিটারিদের অধীনে। আর ছিল দেশ ভাগের সময় পূর্ব বাংলা থেকে প্রাণের দায়ে পালিয়ে বা বিতাড়িত হয়ে শুধুমাত্র লোটাকম্বল সম্বল করে চলে আসা অগণিত অনুপ্রবেশকারী বা উদ্বাস্ত।

সুকুমার, পেশায় অটোচালক, তাদেরই মধ্যে একজন। অবশ্য বাবার কোলে চড়ে পরিবারের সাথে পঁচাত্তরে যখন এদেশে আসে তখন তার বয়স ছিল মাত্র তিন কি সাড়ে তিন। ফলে দেশভাগ বা মুক্তিযুদ্ধের সংগ্রাম এসব তার জানার কথা নয়। তবে তার স্মৃতিতে এখনো থেকে গেছে রাশি রাশি মৃত মানুষের শবদেহ - পড়ে আছে চরম অবহেলায় পথে ঘাটে, আনাচকানাচে, যেখানে সেখানে। বেওয়ারিশ লাশ, সৎকার না হওয়া। বাবা একটা গামছা নাকের উপর চেপে ধরে রেখেছিল যাতে করে মরা গলিত ইতস্তত ছড়ানো ছিটানো শিয়াল কুকুরে আধখাওয়া লাশের পচা গন্ধে কোলের বাচ্চা গায়ের উপরেই না বমি করে দেয়। চারপাশের সব লাশই - গলিত বা পচা পরবর্তীতে মাটি চাপা দিয়ে দেওয়া হয়েছিল প্রশাসনের তরফ থেকে নির্বিশেষে, জাত পাতের কথা

না ভেবেই। পরিবেশকে দূষিত হওয়ার হাত থেকে বাঁচানোর জন্য। ফলে রাত বিরেতে ভূতেদের অভাব নেই এখানে। বিশেষ করে রাতের বেলায় বড় রাস্তা থেকে একটু ভেতরের দিকে গেলে গা ছমছম করে বৈকি। আর একা গেলে তো নির্ঘাত ঘাড়ে চেপে বসবে বিদেহী অতৃপ্ত আত্মারা।

এখানে আসার মাত্র বছর দশেকের মধ্যেই আচমকাই মা, বাবা দুজনেই পুরোপুরি হারিয়ে গেলো একটা বর্ষার রাতে। যেটুকু আবছা মনে পরে - কারা যেন এসেছিল সেই ভয়ঙ্কর দুর্যোগের রাতে। তাদের পুরো মুখ কালো কাপড়ে ঢাকা ছিল শুধুমাত্র চোখ দুটো ছাড়া। ফলে চেনা সম্ভব ছিলনা। মনে হয় চেনা শোনাই কেউ হবে - নাহলে কালো কাপড়ে মুখ সম্পূর্ণভাবে ঢেকে আসবে কেনো ?

সুকুমার কাজের অবসরে বর্তমান প্রজন্মের কাছে বিগত দিনের গল্প বলে নিজের মনকে হালকা করে। "আচমকাই চরম দারিদ্র্য চারপাশ থেকে ঘিরে ধরেছিল। শত লাঞ্ছনা গঞ্জনা সহ্য করে দাঁতে দাঁত চেপে এই সমাজের বুকে টিকে থাকার জন্য হাজার সংগ্রাম করে কিভাবে যেন বেশ দ্রুতই একদিন নিজেকেই নিজের কাছে মনে হলো - হঠাৎ করেই যেন আচমকাই অনেকটাই বড় হয়ে গেছি। এরও বেশ কিছু বছর বাদে নিজের আয় জমিয়ে একটা ছোড় মাথা গোঁজার ঠাঁই তৈরি হলো, সংসার হলো - এক এক করে তিন বছরের ভেতরেই দুটো সন্তান হলো। কত বিভিন্ন ধরনের কাজ যে করেছি তার হিসাব লিখতে গেলে রাত ভোর হয়ে যাবে। তারপরে বাজারে এলো এই চার চাকার টোটো। লোন করে, কষ্ট হলেও কিনে নিলাম। উপার্জনের পদ্ধতিটা ও অনেক সহজ হয়ে গেলো।

এখানে টোটো চালকদের জন্য সকাল ন'টা থেকে মোটামুটি রাত ন'টা হচ্ছে প্রাত্যহিক কাজের সময়। তবে কোন মেলা বা উৎসবের দিনগুলোতে সময়ের কোন ঠিকঠিকানা নেই। দুর্গা পুজোর সময় তো প্রায় চারদিনই, ষষ্ঠী থেকে নবমী, বলতে গেলে সারারাত বিভিন্ন পুজো মণ্ডপে লোক সমাগম লেগেই থাকে। আবার বেশ কিছু চেনা পরিচিত মানুষজন আছেন যাদের বিশেষ বিশেষ প্রয়োজনে প্রায় প্রতি মাসেই ছয়-সাত দিন হয় খুব ভোরে কিংবা গভীর রাতেও ট্রেন ধরানোর জন্য কাঁচরাপাড়া স্টেশনে পৌঁছে দিতে হয়। এবং এই দিনগুলোতে খুবই সজাগ থাকতে হয় যাতে করে কোনোভাবেই যেন স্টেশনে পৌঁছতে দেরি না হয়ে যায়। এই লাইনে মানুষের বিশ্বাসটাই আসল যেটা একবার হারিয়ে গেলে আর ফেরত পাওয়া যাবেনা। এবং মার্কেটের কম্পিটিশনের ব্যাপারটাও মাথায় রাখতে হয়। কারণ প্রায় প্রতিদিনই ছেলে ছোকরারা অটোর রুট পারমিশন বার করে রাস্তায় নামছে। আর করবেটাই বা কি, চাকরির যা হাল। এইতো সেদিন মিউনিসিপ্যালিটির সাফাই কর্মীদের চাকরির প্যানেলটা প্রকাশ পাওয়ার এক দিনের মধ্যে বাতিল হয়ে গেল, রীতিমতো ঘটা করে ইন্টারভিউ নেওয়ার পরেও। কিছু বলারও নেই, এ 'দাদা, ও 'দাদার আভ্যন্তরীণ মতবিরোধের কুফল। রঙ এক কিন্তু লবি আলাদা। সুকুমারের ছেলের নামও প্যানেলে আট নম্বরে ছিল। পাড়ার

ছোটকা'দাকে অনেক ধরে ক'য়ে ম্যানেজ করা গিয়েছিল। কিন্তু বিধি বাম, বেশ কিছু খেসারতও দিতে হয়েছে তার জন্য। তবে হতাশ হতে বারণ করেছে জীবন্ত ভূতেরা। চেষ্টা চলছে, দেখা যাক শেষপর্যন্ত মা দুর্গাই ভরসা। বউ আর দুই ছেলেমেয়ে'কে নিয়ে মোটামুটি খেয়ে পড়ে চলে যাওয়া অভাবের সংসার। ছেলেটা গতবার উচ্চমাধ্যমিক ইংরাজিতে কম্পার্টমেন্টাল পেলো। কত করে বাড়ির সবাই মিলে বুঝালাম যে পড়াশুনাটা ছাড়িসনা। উচ্চ মাধ্যমিক পাশ থাকলে ভবিষ্যতে অনেক কাজে লাগবে। কিন্তু শুনলে তো। শেষপর্যন্ত বাপের ব্যবসাতেই নামবে, বোঝাই যাচ্ছে।

প্রায় প্রতিদিনই সেই একই চেনা মানুষদেরকে নিয়ে মোটামুটি চার-পাঁচ কিলোমিটার এলাকার মধ্যেই ঘোরাফেরা। বর্ষাকালটায় হয় সবথেকে বেশি সমস্যা। দৈনিক আয়টাও অনেকটাই কমে যায়। লোকজনও বাড়ি থেকে বের হয় কম। আবার তার জন্য যে ঘরে বসে থাকবে সেটাও তো সম্ভব নয়। চারজনের পেট চলবে কি করে। আয়ের উৎস তো এই একটাই টোটো। ফলে গাড়ি নিয়ে বেরোতেই হয় এবং মাঝেমধ্যে গোটা দিনই প্রায় রোদে-জলে ভিজে গায়ের জল গায়েই শুকিয়ে জ্বর, সর্দি-কাশি একটা সমস্যা হয়ে দাড়ায় এই সময়। তো, এইরকমই একটা শ্রাবণের প্রচন্ড বর্ষণ মুখর দিনে সকাল থেকেই অবিরাম বৃষ্টি হয়েই চলেছে। থামবার নামগন্ধও নেই। দুর্যোগপূর্ণ আবহাওয়ার মধ্যেই প্রায় মিনিট চল্লিশ হয়ে গেলো পাড়ার মোড়ে টোটো স্ট্যান্ডে দাঁড়ানো। বৃষ্টিরও কোনো বিরাম নেই। লাগাতার কখনো খুব জোরে আবার কখনো ঝিরঝির করে বিরামহীন ভাবে পড়েই চলেছে। একটা ভাড়াও কপালে জোটেনি। এদিকে শরীরটাও ম্যাজম্যাজ করছে, জ্বর না এসে যায়। ভাড়া আর আজকে জুটবেনা ধরে নিয়েই সুকুমার সবে গাড়ি স্টার্ট দিয়েছে বাড়ি ফেরার জন্য আর ঠিক তখনই দুজন মাঝবয়সি পুরুষ ও মহিলার গলার স্বর শুনে তেমনটাই মনে হলো, দুটো বড় ট্রাভেল ব্যাগ নিয়ে হন্তদন্ত হয়ে টোটোর সামনে এসে শেওড়াগাছি হাটে নিয়ে যাবার জন্য অনুরোধ করল। ওদের পরনের বর্ষাতি চুইয়ে অঝোরে জল পরছে। জায়গাটা এখান থেকে প্রায় চার কিলোমিটার দূরে। সুকুমার ঐ রাস্তায় বেশি যায়নি। রাস্তার অবস্থাও ভালো নয়, তার উপরে আবার বর্ষাকাল এবং যাতায়াতের পথে বেশ খানিকটা জায়গা জুড়ে একটু জঙ্গল জঙ্গল গন্ধ। ফলে অনেক টোটোওয়ালাই সচরাচর ওদিকে যেতে আপত্তি করে। আর এই ঘোর বর্ষার মধ্যে তো কোনোভাবেই নয়।

ওরা দুজনেই দ্বিগুন ভাড়া দিতে চাইলো কারণ, যতদূর নজর যায় রাস্তায় আগে পিছে, কাছে দূরে, দ্বিতীয় আর কোনও যানবাহনও নজরে আসছিল না। সকাল থেকে কোন ইনকামও হয়নি, আবার দিনের প্রথম ভাড়া, তাই ফিরিয়ে দিতে মন চাইলো না সুকুমারের।

বৃষ্টিতে পাঁচ ফুট সামনের রাস্তাও ঠিকভাবে নজরে পরছে না। তার উপরে এই টানা বৃষ্টিতে রাস্তার হালও এতটাই খারাপ যে পাকা রাস্তা দিয়ে টোটো চালাচ্ছে নাকি ভরা গঙ্গায় নৌকা চালাচ্ছে বোঝা যাচ্ছেনা। ওরা দুজন পেছনের সিটে বসেছে। বর্ষাতির

আড়ালে মুখগুলোও ঠিকভাবে ঠাওর করা যাচ্ছেনা। যাকগে, ষাট টাকার জায়গায় দরদাম করে দেড়শ টাকায় রফা হয়েছে। "আজকের খাওয়ার পয়সা এক ক্ষেপ মারলেই উঠে আসবে। এইরকম একটা দুর্যোগের দিনে একটা মোটা ভাড়া জুটিয়ে দিয়ে ভগবান অশেষ কৃপাই করলেন, এটা মানতেই হবে। টোটোর সামনে সুকুমার একা স্টিয়ারিং শক্ত করে ধরে গাড়ি চালাচ্ছে আর এইসব সাত-পাঁচ ভেবে চলেছে।

তখনও হাটে পৌঁছাতে প্রায় দেড় কিলোমিটার মতো রাস্তা বাকি। ওরা দুজনে নিজেদের মধ্যে কি কথা বলছে গাড়ি আর বৃষ্টির শব্দে কোনকিছুই সঠিকভাবে ঠাওর হচ্ছেনা। তবে মাঝেমধ্যে হঠাৎ হঠাৎ করেই অদ্ভুত রকমের খট - খটাস শব্দ হচ্ছে। "টোটো'টার বয়সও তো নেই নেই করে প্রায় ছয় বছর হয়ে গেলো। মেরামতি ঠিক সেইভাবে করাও হয়ে ওঠেনা। এই একটাই তো আয়ের রাস্তা। ছেলেটাকে কত করে বললাম, লেখাপড়া যখন আর করবিই না বলে ঠিক করেছিস তাহলে চল ব্যাঙ্ক থেকে লোন করে আরেকটা টোটো কিনে দিই। তুইও চালালে দুজনের মিলিত আয়ে সংসারটাই একটু সচ্ছল হবে। কিন্তু কে শোনে কার কথা। তিনি বাবু সরকারি চাকরি করবেন। মনে হচ্ছে সরকারি চাকরি যেন হাতের মোয়া – হাত পাতবে আর ওমনি টুকুস করে হাতে এসে খসে পড়বে। সেই কবেকার প্যানেলই বাতিল হবো হবো করছে – সেখানে নাকি বাবু সরকারি চাকরি করে মাসে মাসে মোটা মাইনা আয় করে সংসারের হাল ধরবে। বোনের ভালো জায়গায় বিয়ে দেবে! বয়স্ক বাবাকে দূর্বল হাতে আর টোটোর স্টিয়ারিং ধরতে হবেনা। ভাবতে তো ভালোই লাগে কিন্তু বাস্তব যে কতটা কঠিন সেটা কাকে বোঝাই? ওদিকে, পেছনের সিটে ওরা দুজনেও কেমন নির্বিকার হয়ে নিশ্চিন্তে বসে আছে। এই টানা বৃষ্টির মধ্যে দু-দুটো ভারি ব্যাগ নিয়ে হাটে যাচ্ছে। ভেতরে কি আছে কে জানে। তবে নিশ্চয়ই কোনও প্রয়োজনীয় জিনিসই হবে, নাহলে এই ঝড়-বৃষ্টি উপেক্ষা করে কেউ সখ করে বাইরে বের হয়? তবে ব্যাপারটা আবার গোলমেলে নয়তো? কিছু জিজ্ঞেস করাও যাচ্ছেনা। দিনকাল যা খারাপ, একলা ড্রাইভার পেয়ে যদি মাথার পেছনে অস্ত্র চেপে ধরে। দরকার নেই বাবা, আরতো মাইল খানেক। মানে মানে পৌঁছে দিয়ে বাড়ি ফিরে যেতে হবে। এইভাবে এতটা রাস্তা টানা বৃষ্টির মধ্যে দুটো অচেনা মানুষের সাথে আসাটা মোটেই বুদ্ধিমানের কাজ হয়নি। গোটা পথটাই রাস্তায় প্রায় কাউকেই চোখে পরলো না। জঙ্গলের রাস্তাটাও যেন আর শেষ হতেই চাইছিল না।

সুকুমার গাড়ির গতি একটু মন্থর করে নিয়ে লেকটিকে উদ্দেশ্য করে জিজ্ঞেস করলো- "দাদা, শেওড়াগাছির হাট তো মনে হচ্ছে পৌঁছে গেছি, আর কতটা?" পেছন থেকে কোনও উত্তর এলোনা। তাহলে বোধ হয় শুনতে পায়নি। না শুনতে পাওয়াই স্বাভাবিক। নিজের গলা নিজেই শোনা যাচ্ছেনা। তাই গলার স্বরটা আরেকটু চড়িয়ে তাদের উদ্দেশ্যে পুনরায় একই প্রশ্ন ছুড়ে দিল সুকুমার। কিন্তু না, এবারও উত্তর এলোনা। নাঃ, এতো আচ্ছা বিপদে পরা গেলো। এদিকে রাস্তারও যা অবস্থা গাড়ি চালাতে চালাতে পেছনে ফিরে তাকানোরও উপায় নেই। নির্ঘাত গর্তে পড়ে পালটি খাবে। তাই গাড়ির

স্টার্ট বন্ধ করে সুকুমার পেছনে তাকিয়ে হতবাক। কেউ কোথাও নেই। শুধু ব্যাগ দুটো সিটের উপর সটান হয়ে বসে আছে। ছ্যাঁত করে উঠলো বুকের ভেতরটা। "খানিকক্ষণ আগেই তো নিজেদের মধ্যে কথা বলছিল চাপা স্বরে। চলন্ত গাড়ি থেকে নেমে পালিয়ে গেলো নাকি টাকা দেবেনা বলে? কিন্তু ব্যাগ গুলো তো রেখে যাবেনা নিশ্চয়ই। ব্যাগগুলোর ভেতরে কি আছে কে জানে। দেখেতো বেশ ভরা ভরাই লাগছে। ভেতরে দামী কিছু আছে বলেই তো মনে হচ্ছে। কাউকে হয়তো সত্বর ডেলিভারি দেওয়ার তাগাদা ছিল নাহলে এইরকম একটা ভরা বর্ষার দিনে কেউ বাড়ি থেকে বের হয়! কিন্তু এদের দুজনের পাল্লায় পড়ে এখানে এসে তো আজব সমস্যায় পরা গেলো দেখছি।

"আরে ও দাদা, কোথায় গেলেন সব?" ওখের উদ্দেশ্যে বার কয়েক চিৎকার করে সুকুমার। কিন্তু কারকেই ত্রিসীমানায় দেখা যাচ্ছেনা। "দু-দুটো প্রাপ্তবয়স্ক মানুষ পুরো জলজ্যান্ত উবে গেলো যেন কর্পূরের মতো!" নিজের মনেই স্বগতোক্তি করে সুকুমার। এই মুহূর্তে কি করণীয় সেটা মাথাতেই আসছে না। ব্যাগ গুলো ফেলে রেখে চলে যাবো নাকি থানায় গিয়ে পুলিসের কাছে জমা দেবো - মাথাই কাজ করছে না। হায় রে, কি মরতে যে অধিক আয়ের লোভে দুম করে আগুপিছু না ভেবে এতদূর চলে এলাম। আর ঠিক সেই মুহূতেই আচমকা খটখটাস আওয়াজ করে ব্যাগ গুলো রীতিমতো নড়াচড়া শুরু করে দিল এবং ভেতর থেকে সমবেত ভাবে কারা যেন নাঁকি সুরে বলে উঠল- "ব্যাগের ভিতরে আর কতক্ষণ আটকে রাখবি? এবার চেন দুটো খুলে আমাদের দু- জনকে বাইরে বের কর। কতদিন হয়ে গেল বাইরের জগৎটা দেখিনি। সেই কবে রাতের অন্ধকারে গলা টিপে খুন করে সেই যে ব্যাগে পুড়ে চেনটা টেনে দিলো সুকুমারের কাকা, নিজের মায়ের পেটের ছোট ভাই - ফটিক। সেই থেকে এই ব্যাগের ভেতরেই আটকে রয়েছে বেঘোরে মরা প্রাণটা। কত করে দুজনেই বললুম যে, টাকা পয়সা, সোনা দানা যা আছে নে – কিন্তু নিজের দাদা বৌদিরে প্রাণে মারিস না। কিন্তু শুনলে ত বড় ভাইয়ের কথা। বিশ্বাস করতে পারলো না। যদি পুলিশরে জানাইয়া দিয়া সব সম্পত্তি আবার ফিরায়ে লই। নিজের ভাগের টুকু তো দেশ ভাগের সময় দেশ ছাইড়া আয়নের সময় করায় গণায় বুইঝা লইছেই। আবার এই দেশে আইয়া কিছু কাল যাইতে না যাইতেই আমাগোটাও কাইড়া নিলো। প্রাণটাও বকশিশ দিলো না।"

পরবর্তী ঘটনা সংক্ষেপে নিম্নরূপ -

সুকুমারকে অজ্ঞান অবস্থায় টোটোর বাইরে পড়ে থাকতে দেখে সবাই ধরাধরি করে সন্ধ্যার দিকে বাড়ি পৌঁছে দেয় টোটো সমেত।অবশ্য ব্যাগ দুটোকে ত্রিসীমানায় আর কখনও খুঁজে পাওয়া যায়নি। তবে ব্যাগ এবং তার ভেতরের কঙ্কালের ঘটনাটা কারোরই জানা নেই। কারণ সেই ঘটনা ঘটার পর থেকে সুকুমার মানুষ'টাই কেমন যেন পাল্টে গেছে। দশটা প্রশ্ন করলে একটা উওর দেয়। এবং তাও কেমন যেন পাগলের প্রলাপের মতো। কিছু জিজ্ঞেস করলেই শুধু একটাই কথা, "আমি সব জেনে গেছি। কাউকে ছাড়বো না।" সুকুমার হঠাৎ করে ফাঁকা টোটো নিয়ে বাড়ি থেকে অতদূরে

ঐরকম ভয়ংকর একটা দুর্যোগপূর্ণ দিনে গেছিলোই বা কেন আর অজ্ঞান হয়ে হাটের রাস্তায় পড়েই বা ছিল কেন তার উত্তর আজ অবধি কেউ জানতে পারেনি। তবে কিছু একটা দেখে যে প্রচণ্ড রকম ভয় পেয়েছিল সেই ব্যাপারে শতকরা একশ ভাগ এলাকাবাসীই নিশ্চিত। দু-এক জন ঘনিষ্ঠ আত্মীয়স্বজন বা বন্ধুবান্ধব যে সুকুমারকে জিজ্ঞাসা করে আসল রহস্যটা জানার চেষ্টা করেনি তাও নয়। কিন্তু কারণ জিজ্ঞেস করলেই সুকুমারের মুখটা কেমন যেন ভূতের মতো ফ্যাকাশে হয়ে যায়। কাকে ছাড়বে না? কিই বা জেনে গেছে সুকুমার? সেইসব নিয়ে কিছু জিজ্ঞেস করলে আর একটি কথাও বলতে চায়না। মানে আসলে হয়তো বলতে চায়, কিন্তু প্রচন্ড একটা চাপা ভয় ওকে যেনো সেই মুহূর্তে বাক রুদ্ধ করে দেয়। ফলে কেউ আর ব্যাপারটা নিয়ে বেশি ঘাটাতে সাহস পায়নি। বলা তো যায়না আবার যদি ভিমড়ি খেয়ে জ্ঞান হারায় তাহলে তো হিতে বিপরীত হয়ে যেতে পারে। তার থেকে যা ঘটেছে সেটা আপাতত বরং সুকুমারের স্মৃতিতেই জমা থাকুক, পরে সময়ের সাথে সাথে ও একটু সামলে উঠলে তখনই না হয় আসল ঘটনাটা খুঁচিয়ে ওর পেট থেকে সবিস্তারে বার করে নেওয়া যাবে। এই ঘটনা ঘটার পরও যে টোটো'টা দুই বেলা চালিয়ে আগের মতোই দুটো টাকা রোজগার করতে পারছে - আপাতত এই যথেষ্ট।

লেখক: মৃণাল বন্দ্যোপাধ্যায়

৯

ফোনের ওপারে কে?

মোবাইলের লক স্ক্রিনে সময় ভেসে উঠলো আটটা পাঁচ। বরুণ বাইরের অঝোর বৃষ্টির দিকে অসহায় ভাবে তাকালো। দোকানের কম পাওয়ারের এলইডি আলোর আভা সামনের রাস্তাটায় হাল্কা পড়েছে। কয়েকদিন ধরেই বরুণের মোবাইল সারাই দোকানের সামনের স্ট্রিট ল্যাম্পটা অকেজো হয়ে আছে। আলো-আঁধারিতে বসে সে ভাবতে লাগলো, আজ কার মুখ দেখে উঠেছিল কে জানে! সকালে শহরের মার্কেটে, দোকানের কিছু ইলেট্রনিক জিনিসপত্র কিনে সোজা ঝাঁপ খোলে বরুণ। কিন্তু বাধ সাধলো এই অকালের বৃষ্টি। সারাদিনের ভ্যাপসা গুমোট গরমে নাজেহাল হয়েছে মানুষ, এভাবে সন্ধ্যে থেকে ইন্দ্রদেবের আশীর্বাদ বর্ষিত হবে কে জানতো। আর এই কারণে, এখনও অবধি একটা খদ্দেরেরও মুখ দেখেনি বরুণ। এই দুর্যোগের রাতে কে আর বেরোবে। রাস্তাঘাটে লোক নেই, সামনের ঝুপড়ি চায়ের দোকানটায় তালা ঝুলছে, ছাউনির তলায় দুটো রাস্তার কুকুর গুটিসুটি হয়ে আশ্রয় নিয়েছে। বরুণ ঠিক করলো, বৃষ্টিটা ধরলে বাড়ি চলে যাবে। তার বাড়ি বেশি দূর না। বাইক নিয়ে বড়জোর কুড়ি পঁচিশ মিনিট। লেখাপড়ায় কখনই খুব একটা মন ছিল না তার, কলেজের ফার্স্ট ইয়ারে বাবার হঠাৎ স্ট্রোক। একেবারে শয্যাশায়ী হয়ে অসময়ে রিটায়ারমেন্ট নিলেন। পড়াশুনার পাঠ চুকিয়ে একটা ইলেকট্রনিক দোকানে কাজে ঢুকতে বাধ্য হল বরুণ। বরাবরই যন্ত্রপাতি আর হার্ডওয়ার তাকে টানে। এক সময় স্বপ্ন দেখতো ইঞ্জিনিয়ার হবে। ভাগ্য ও নিজের আলস্য দুটোই একসাথে ষড়যন্ত্র করে সেসব হতে দিলো না। ছয় সাত মাস কাজ শিখে নিজেই দোকান দেবে ঠিক করলো। বাবার জমানো পুঁজির কিছুটা মূলধন করে খুললো মোবিফিক্স। এই অঞ্চলে মোবিফিক্স তাড়াতাড়ি নাম করে ফেলে। দোকান একটু দাঁড়িয়ে যেতে ফোন সারাইয়ের পাশাপাশি ব্লুটুথ স্পিকার, চার্জার এয়ারপডস এসবও রাখতে শুরু করেছে বরুণ।

আজ আর বউনির আশা দেখছে না সে। বৃষ্টির তেজ যেন বেড়েই চলেছে, আকাশটা যেন কোনো অজানা আক্রোশে ফুঁসছে। হঠাৎ করে সশব্দে একটা বাজ পড়লো আর তলোয়ারের তীক্ষ্ণ ফলার মতো বিদ্যুতের আলো ঝলসে উঠলো। আর সাথে সাথেই বরুণের দোকানের একমাত্র আলোটা নিভে গেলো।

"ব্যাস এটাই বাকি ছিল!" বিরক্তিতে আপন মনে বলে উঠলো বরুণ।

"এক্সকিউজ মী, একটু শুনবেন?"

আচমকা দ্বিতীয় কোনো কণ্ঠস্বর শুনে চমকে উঠলো বরুণ।

"কে?" বলে তৎক্ষণাৎ নিজের ফোনের ফ্ল্যাশলাইটটা অন করল। আর তখনই চোখে পড়লো ছেলেটার মুখ। বয়স বরুণের থেকে একটু কমই হবে। মাথা থেকে পা অবধি কাকভেজা হয়ে গেছে। মুখটা ফ্ল্যাশলাইটে অস্বাভাবিক রকমের সাদা লাগছে। চোখের ভাসা ভাসা দৃষ্টিতে এক অদ্ভুত নির্লিপ্ত অভিব্যক্তি। আশ্চর্য ব্যাপার হলো, একটু আগেও ছেলেটাকে তার দোকানের দিকে আসতে দেখেনি বরুণ, যেন মাটি ফুঁড়ে হঠাৎ উদয় হয়েছে।

"আমার ফোনটা একটু দেখবেন, বৃষ্টিতে ভিজে আর অন হচ্ছে না।"

ছেলেটার কথায় সম্বিৎ ফিরে এলো বরুণের।

"হ্যাঁ হ্যাঁ নিশ্চই। একটু দাঁড়ান।"

দেয়ালের ক্যাবিনেট থেকে ধুলো ঝেড়ে পুরোনো ইমার্জেন্সিটা বের করলো সে। বহুদিন অব্যবহার আর বিনা চার্জের ফলে আলোটা ক্ষীণ হয়ে গেছে; এই আলোতে স্টোরে আসা ছেলেটির শুধু অবয়বটা বোঝা সম্ভব। সেই মৃদু আলোতেই বরুণ দেখলো ছেলেটি সিক্ত হাতে তার ফোনটা বাড়িয়ে ধরে আছে। তার হাত থেকে ফোনটা নিয়ে আলোর কাছে এনে উল্টে-পাল্টে দেখলো বরুণ। কম করে প্রায় চার-পাঁচ বছর আগের একটা মডেল। এখন আর এই মডেল কোম্পানি বানায় না। প্রত্যেক ছয় মাস অন্তর আজকাল নতুন মডেল এসে যায় বাজারে, মানুষও বেশিদিন এক মডেলের ফোন ব্যবহার করা পছন্দ করে না। এমনিতেও এই রেঞ্জের ফোন এতো বছর টেকা একটা মিরাকল। ফোনের পাশের কী'টা প্রেস করে অন করার চেষ্টা করলো বরুণ। ফোনটা অন হলো না। ছেলেটার দিকে তাকিয়ে বরুণ বললো, "মনে হচ্ছে চার্জও শেষ, এদিকে কারেন্টটাও গেছে।"

ছেলেটার চোখে মুখে একটা অধৈর্য ভাব ফুটে উঠলো। সে বললো, "আমার আজ একটু তাড়া আছে, যদি মনে করেন রেখে দিতে পারেন।"

বরুণ ভেবে দেখলো কয়েক মুহূর্ত। তারপর বললো, "বেশ, আমি রসিদ কেটে দিচ্ছি, কাল বৃহস্পতিবার, স্টোর বন্ধ রাখি, ফোন কিন্তু একেবারে পরশুই পাবেন, অসুবিধা নেই তো?"

ছেলেটার মুখে একটা রহস্যময় হাসি খেলে গেলো, তারপর সে বলে উঠলো, "যতদিন খুশি রাখুন, অনেক দিন ধরে ফোনটা পকেটে রেখে রেখে এমন অভ্যেস হয়ে গেছে, যেন

এটা দেহেরই অংশ কিন্তু অভ্যেসে কি না হয়! দেহটাও তো মানুষ ত্যাগ করে একদিন, তাই না?" বলে একটা বিচ্ছিরি রকম হেসে উঠলো সে। এরকম মজা করার মনের অবস্থা তখন বরুণের নেই। বেশি আমল দিলো না সে। কিছু কিছু লোক হয়ই একটু বাচাল প্রকৃতির। সোজা কথা ঘুরিয়ে ফিরিয়ে বলতে পছন্দ করে। সে চুপচাপ রসিদ বইটাতে ফোনের মডেল নম্বরটা লিখলো, সিমকার্ডের স্লটটা চেক করে দেখলো, খালি। আগেই নিশ্চই ছেলেটা সিম বার করে রেখেছে। বরুণ মাথা না তুলেই জিজ্ঞেস করলো, "কি নামে হবে বিলটা?"

ছেলেটা বললো, "প্রিয়ম সাহা।"

নামটা লিখে বরুণ বললো, "দেখুন, কি হয়েছে তো বুঝতে পারলাম না, হয়তো আজ চার্জ দিয়ে দেখবো সব ঠিকই আছে, তাই এখন শুধু একশো টাকাই বিলে লিখে রাখছি। যদি কিছু বিগড়ায় আমি কল করবো। নম্বরটা দিয়ে যান।

প্রিয়ম তড়িঘড়ি বলে উঠলো, "না না, আমি কাল কল করে নেবো আপনাকে, রসিদ থেকে নম্বর দেখে নেবো।"

আশ্চর্য ছেলে, নিজেই বললো ফোন ছাড়া চলতে পারে না, অথচ সেটা নিয়ে এতো তাচ্ছিল্য ভাব যেন ফোনটা বরুণকে দিয়ে ও হাঁফ ছেড়ে বাঁচলো। কথাগুলো ভাবতে ভাবতে বরুণ রসিদটা ধরালো প্রিয়মের হাতে। প্রিয়ম সেটা ভাঁজ করে পকেটে পুরে নিলো। পেছন ফিরে যেতে গিয়েও ঘুরে দাঁড়ালো সে। বাইরে এখন বৃষ্টিটা একটু ধরেছে। বৃষ্টি ভেজা ঠান্ডা হাওয়া হুহ করে বইছে। বাতাসে একটা ভেজা ভেজা গন্ধ।

প্রিয়ম যেন কোনো গোপন কথা বলছে, এই ভঙ্গিতে ফিসফিস করে বললো, "বলছি, ফোনে কোনো কল এলে ভুল করেও ধরবেন না যেন, অন হলেও না, আমি না আসা অবধি একদম না।"

বরুণ এতক্ষণে নিশ্চিত ছেলেটার মাথায় একটু সমস্যা আছে। যে ফোনে সিম নেই, সেটা বাজবে কীভাবে?

কথাটা তাকে বলতেই প্রিয়ম আবার সেই হাসিটা হেসে ঠান্ডা গলায় জবাব দিলো, "তাও সাবধানের মার নেই, বলে দিলাম, ওদের বিশ্বাস নেই।"

কথাটা বলেই যেন প্রিয়ম ফের কর্পূরের মতো উবে গেল রাস্তার অন্ধকারে। বরুণ কাঁচের ডেস্কের উপর রাখা ফোনটা দেখতে লাগলো। নিজের মনেই সে বলে উঠলো, "আজব পাবলিক!"

রাতের খাওয়া দাওয়ার পাট চুকিয়ে বরুণ নিজের ঘরে এসে ফোনটা উল্টে পাল্টে আবার দেখলো। তার কাছে সব ধরণের চার্জার থাকে, টাইপ বি চার্জারে কানেক্ট করে যখন সুইচ অন করলো, ফোনটা চার্জ নিলো না। এবার সে ব্যাটারিটা খুলে একটা বাক্সে ভরলো। সাদা প্লাস্টিকের এই বাক্সে বরুণ পুরোনো ফোনের পার্টস রাখে। সারাদিনের ধকলের পর আর কাজ করতে তার মন চাইলো না। তার মাথার কাছেই একটা ছোটো ড্রয়ার দেওয়া টেবিল আছে। অনেক পুরোনো আমলের। সেখানেই ফোনটা রেখে আলো

নিভিয়ে ঘুমিয়ে পড়লো বরুণ। মাথাটা বালিশে ঠেকাতেই যেন রাজ্যের ঘুম এসে জড়ো হলো তার চোখে। কয়েক ঘন্টা পরে সেই ঘুমের মধ্যে বরুণ টের পেলো একটা মিষ্টি রিনরিনে গানের কলি। খুব জনপ্রিয় একটা হিন্দি গান। "অভি না যাও ছোড় কর, ইয়ে দিল অভি ভরা নেহি"; খুব দূর থেকে যেন গানটা একটানা বেজে যাচ্ছে। ঘুমের মধ্যে স্বভাববশত নিজের ফোনটার দিকে হাত বাড়ালো বরুণ। কোনরকমে চোখ খুলে দেখলো তার ফোন সাইলেন্ট মোডেই আছে। তবে? গানটা থেমে গেলো। মনের ভুল নাকি? কিন্তু মাত্র তিন চার সেকেন্ডের ব্যবধানে আবার বাজতে লাগলো। আর এইবার যেন একটু জোরে। বরুণ সজাগ হয়ে উঠলো। বিছানা থেকে উঠে এদিক ওদিক দেখতে লাগলো। সবার আগে চোখ পড়লো পায়ের কাছের জানলাটায়। তার স্পষ্ট মনে আছে জানলায় ছিটকিনি দিয়ে সে শুয়েছিল। কিন্তু এখন সেটা হাট করে খোলা। ঠান্ডা হাওয়ায় পাতলা পলিয়েস্টারের পর্দাটা দুলছে। গানটা এক নাগাড়ে বেজে চলেছে।

"ইয়ে শাম ঢাল তো লে জারা, ইয়ে দিল সামহল তো লে জারা"

বরুণের মাথা এখন পরিষ্কার কাজ করছে। ঘুমের লেশমাত্র নেই তার চোখে। সটান তার চোখ গেলো মাথার কাছের ড্রয়ারের দিকে। আওয়াজটা এখান থেকেই আসছে। এক ঝটকায় ড্রয়ারটা খুলতেই তার সমস্ত শরীর আতঙ্কে অবশ হয়ে গেলো। সেই ফোনটা বাজছে! আজ তার দোকানে সন্ধ্যায় যে অকেজো ফোনটা প্রিয়ম নামের ছেলেটা দিয়ে গেলো, নিজে হাতে যে ফোনের ব্যাটারি বরুণ খুলে রেখেছিল, সেই ফোনটা, বিনা ব্যাটারি, বিনা সিমেও দিব্যি বাজছে। স্ক্রিনে কলারের নামের জায়গায় ভেসে উঠছে, "আননোন কলার।" বরুণ যে কতক্ষণ ফোনটার দিকে চেয়েছিল ঠিক নেই। রিং করতে করতে আবার থেমে গেলো ওটা। খুব সন্তর্পনে বরুণ মোবাইলটা হাতে তুলে নিল, যেন ওটা কোনো বিস্ফোরক। আর সেটাই হয়তো ওর সবচেয়ে বড়ো ভুল ছিল। কারণ, সে ফোনটা হাতে নেওয়া মাত্রই সেটা আবার বেজে উঠলো। সেই একই রিংটোন, একই কলার। কিন্তু এইবার বরুণ নিজেকে আটকাতে পারলো না। মন্ত্রমুগ্ধের মতো সে কলটা রিসিভ করলো।

পোস্টমর্টেম রিপোর্টটা হাতে নিয়ে ইন্সপেক্টর বাগচীর কপালের ভাঁজগুলো স্পষ্ট হয়ে উঠলো। কোথাও কোনো ভয়ঙ্কর গোলমাল হচ্ছে। রিপোর্ট অনুযায়ী ভিক্টিমের টাইম অফ ডেথ মঙ্গলবার, রাত ১টা থেকে ২টোর আসেপাশে। পুলিশ বডি উদ্ধার করে বৃহস্পতিবার ভোর চারটেয়। বারাসাতের একটা বন্ধ ইলেকট্রনিক ল্যাবের মধ্যে। ল্যাবটা আগে প্রসাদ আচার্য নামের একজন খ্যাপাটে ইলেকট্রনিক ইঞ্জিনিয়ারের ছিল। পাড়ার লোকে আড়ালে তাঁকে পাগলা আচার্য বলে ডাকতো। শোনা যায় মোবাইল নিয়ে অদ্ভুত অদ্ভুত পরীক্ষা নিরীক্ষা করতো লোকটা। গাদা গাদা পুরোনো ফোন কিনে আনতো সস্তায়। একদিন ভয়ানক এক অগ্নিকাণ্ডে ল্যাবটা পুড়ে যায় আর সেখানেই নিজের গবেষণার সাথে নিশ্চিহ্ন হয়ে যান প্রসাদ আচার্য। দুর্ঘটনার কারণ শর্ট সার্কিট ছিল। গত বুধবার মধ্যরাতে বৃষ্টিতে কিছু আশ্রয়হীন গরিব মানুষ বাধ্য হয়ে পরিত্যক্ত

ওই ল্যাবে আশ্রয় নিয়েছিল। তারাই প্রথম দেখে মৃতদেহটা। ঘটনাস্থলে পুলিশ এসে মৃতদেহ শনাক্ত করে। প্রিয়ম সাহা, বয়স তেইশ, দেড় দিন হলো নিখোঁজ। কেউ বা কারা তাকে শ্বাসরোধ করে খুন করেছে। প্রিয়মকে শেষ দেখা যায় মঙ্গলবার রাতে মধ্যমগ্রামে, একটি এটিএমের সামনের সি.সি.টিভিতে ধরা পড়ে কানে ফোন নিয়ে ঘোরের মধ্যে হেঁটে যাচ্ছে প্রিয়ম। ব্যাস এটুকুই। এরপর আর কোনো জায়গায় কোনো ফুটপ্রিন্ট মেলে না ছেলেটার। আশ্চর্যের বিষয় তার মৃতদেহ উদ্ধারের পর তার কাছে তন্নতন্ন করে খুঁজেও কোনো ফোন পায়নি পুলিশ। যারা ল্যাবটায় আশ্রয় নিয়েছিল তাদেরও তল্লাশি করা হয় কিন্তু সেই ফোনটার হদিশ পাওয়া যায়নি। যদিও এই মুহূর্তে সেই কারণে বাগচীর কপালে দুশ্চিন্তার মানচিত্র তৈরী হয়নি। ফোন পাওয়া না গেলেও প্রিয়মের জিন্সের পকেট থেকে একটা গুরুত্বপূর্ণ এভিডেন্স মিলেছে। একটা রসিদ। মোবিফিক্স নামের একটা মোবাইল সারাইয়ের দোকানের বিল। হতে পারে ফোনটা এই দোকানেই গচ্ছিত আছে। কিন্তু হিসেবটা মিলছে না। দোকানদারের হাতে লেখা বিলের ডেটটা ইন্সপেক্টরের চোখে ঝলঝল করছে। বিলটা কাটা হয়েছে গত বুধবার সন্ধ্যায়, ফরেন্সিকের মতে যার প্রায় আঠেরো ঘন্টা আগে থেকেই প্রিয়ম মৃত। ইন্সপেক্টর ভাবলেন, হয় দোকানের ছেলেটা ভুল করে ডেটটা গুলিয়ে ফেলেছে নয় সে ইচ্ছাকৃত এটা করে তদন্তকে বিভ্রান্ত করছে। না! যতো তাড়াতাড়ি সম্ভব এই মোবিফিক্সে যেতেই হবে। ইন্সপেক্টর বাগচী উঠতেই যাবেন এমন সময় হঠাৎ তাঁর চোখে পড়লো টেবিলের সামনে একজন আগন্তুক দাঁড়িয়ে রয়েছে। বয়স তিরিশের আশেপাশে। ঈষৎ শ্যামবর্ণ ছেলেটাকে দেখে মনে হবে সে যেন সদ্য বৃষ্টিতে ভিজে এসেছে, অথচ আজ আকাশ যথেষ্ট পরিষ্কার। এরকম কাকভেজা সে ভিজলো কীভাবে? তার চেয়েও আশ্চর্য ব্যাপার, হট করে কেউ ইন্সপেক্টরের ঘরে ঢুকে পড়তে পারে না, বাইরে কেউ তাকে আটকালো না?

"স্যার, আমার আপনার সাথে খুব জরুরি একটা দরকার আছে"

ছেলেটার কথায় ইন্সপেক্টর বাগচীর চিন্তায় ছেদ পড়লো।

তিনি গম্ভীর স্বরে বললেন, "কি দরকার বলুন তো?"

ছেলেটা অনুমতি না নিয়েই উল্টোদিকের চেয়ারটা টেনে বসে পড়লো। তারপর পকেট থেকে বার করে আনলো একটা মোবাইল ফোন। সেটা টেবিলে রেখে ইন্সপেক্টরের দিকে বাড়িয়ে সে বললো, "এটা আপনাকে দিতেই এতো দূর আসা।"

পুরোনো মামুলি একটা সেট, থানায় কেন এনেছে ছেলেটা?

"ঠিক বুঝলাম না। কার ফোন এটা?"

"আপনারা ক'দিন আগে যার বডি উদ্ধার করলেন, সেই প্রিয়ম সাহার।"

চমকে উঠলেন ইন্সপেক্টর। অবাক হয়ে বললেন, "ভিক্টিমের ফোন কোথায় পেলেন আপনি? এই ফোন তো সম্ভবত মোবিফিক্স নামের একটা দোকানে আছে।"

ছেলেটা বললো, "মোবিফিক্স আমারই দোকান। আমিই বরুণ পোদ্দার। ফোনটা আমার কাছেই জমা ছিলো।"

ইন্সপেক্টর উত্তেজিত হয়ে উঠলেন, "এতো বড় এভিডেন্স আপনি ক্রাইমের দুই দিন পরে আনছেন?"

বরুণ নিলির্প্ত গলায় বললো, "কী করবো বলুন? প্রিয়ম ছেলেটা এমনভাবে ফাঁসিয়ে দিলো আমায়, বেরোতেই পারছিলাম না।"

ইন্সপেক্টর যতোটা সম্ভব নিজেকে সংযত করে বললেন, "আপনার কি মনে হয় পুলিশ স্টেশনটা মস্করা করার জায়গা? ভুলে যাবেন না, এভিডেন্স চেপে রাখার জন্য আপনাকে গারদে পুরতে আমার দুই সেকেন্ড লাগবে।"

বরুণ ভয় পেলো না। উল্টে বিষন্ন হেসে বললো, "এখন আমার জন্য গারদের এপার-ওপার সব সমান।"

ইন্সপেক্টর বিরক্তি প্রকাশ করে বললেন, "হেঁয়ালি রেখে ঝেড়ে কাশুন তো! ইচ্ছে করে ভুল ডেট কেন লিখেছিলেন বিলে?"

বরুণ বললো, "আমি তো ভুল ডেট লিখিনি।"

ইন্সপেক্টর এবার ব্যঙ্গ করে হাসলেন, "তাহলে বলছেন, প্রিয়ম মঙ্গলবার মরে ভূত হয়ে আপনাকে ফোন সারাতে দিয়ে গেছিল বুধে!"

বরুণ সেই রসিকতায় যোগ দিলো না। সে চেয়ার ছেড়ে উঠে দাঁড়িয়ে বললো, "এটা এখন আপনি বুঝে নিন, অনেক কষ্টে মুক্তি পেয়েছি, এবার আমার ছুটি।"

ইন্সপেক্টর বললেন, "ভাববেন না এতো সহজে আপনার মুক্তি আছে। ইনভেস্টিগেশন চলা অবধি খবরদার শহর ছেড়ে পালাবেন না।"

বরুণের ঠোঁটে সেই পরিচিত হাসিটা খেলে গেলো। সে বললো, "আপনি চাইলেও আমাকে ধরে রাখতে পারবেন না, পারলে আমিই বেঁচে যেতাম। তবে যাওয়ার আগে শুধু সাবধান করে যেতে চাই আপনাকে, ফোনটা যতোই বাজুক কিছুতেই রিসিভ করবেন না।"

ইন্সপেক্টর বেশ অবাক হলেন। বললেন, "ফোনটা অন আছে নাকি?"

বরুণ গম্ভীর স্বরে বললো, "না, এখন ঘুমোচ্ছে, তবে স্যার এ একবারে শয়তানের ফোন। কখন জেগে উঠবে ঠিক নেই। আমি আসি।"

ইন্সপেক্টর বাগচীকে আর কিছু বলার সুযোগ না দিয়ে বরুণ ঘর থেকে বেরিয়ে গেলো। টেবিলের উপর মোবাইলের স্ক্রিনটায় এখনও বরুণের চুল থেকে গড়িয়ে পড়া কয়েক বিন্দু জল স্থির হয়ে আছে। সাবধানে ডিউটিরত কনস্টবলকে তলব করে এভিডেন্স বক্সে ফোনটা রেখে দিতে বলে থানা থেকে বেরোলেন ইন্সপেক্টর। ।

রাত দশটার দিকে থানায় ফিরেই সাব-ইন্সপেক্টর শুভ্র হন্তদন্ত হয়ে ইন্সপেক্টর বাগচীর চেম্বারে এলো। তাঁকে সেখানে না পেয়ে এক মুহূর্ত দেরি না করে সে বাগচীকে ফোন লাগালো। দুইবার রিং হতেই ওপারে কলটা রিসিভ করলেন বাগচী। বাইরে ট্রাফিকের আওয়াজ স্পষ্ট ভেসে আসছে ফোনের ভেতর থেকে, মানে এখনও রাস্তাতেই আছেন তিনি। তাঁর "হ্যালো" বলার সঙ্গে সঙ্গে এক নিশ্বাসে শুভ্র কথা বলে গেলো।

"স্যার, শুভ্র বলছি! আবার একটা লাশ পাওয়া গেছে স্যার। ওই সেম স্পটে। পাগলা আচার্যের ল্যাবের ভেতর।"

গাড়ি সাইড করে ব্রেক কষলেন বাগচী। ওপার থেকে তাঁর চিন্তিত কন্ঠস্বর ভেসে এলো, "আইডেন্টিফিকেশন করা গেছে?"

শুভ্র আরও উত্তেজিত হয়ে বললো, "হ্যাঁ, আর তাজ্জব ব্যাপার কি জানেন? লাশটা বরুণ পোদ্দার নামের একটা ছেলের, মোবিফিক্স নামে একটা দোকান চালায়, যে দোকানের বিল আমরা প্রিয়মের কাছে পাই।"

ওপারে বাগচী প্রায় স্তব্ধ হয়ে গেছেন। কথা বলতেও যেন তাঁর গলা কাঁপছে, "তুমি ঠিক বলছো তো শুভ্র, কোথাও কোনো ভুল হচ্ছে না তো তোমার?"

শুভ্র বললো, "আমি হান্ড্রেড পারসেন্ট শিওর স্যার। বাড়ির লোক আইডেন্টিফাই করেছে। দেখে মনে হচ্ছে গতকাল খুনটা হয়েছে, সেই এক কায়দায়, শ্বাসরোধ করে, গলায় একেবারে দাগ বসে গেছে আঙুলের।"

ইন্সপেক্টরের গলায় এবার অবিশ্বাস দৃঢ় হয়ে উঠলো, তিনি ধমকে বলে উঠলেন, "ইম্পসিবল। আধঘন্টা আগে থানায় এসেছিল বরুণ পোদ্দার, প্রিয়ম সাহার মোবাইল থানায় জমা করতে, আর তুমি বলছো, গতকাল থেকে সে মৃত?"

শুভ্র থতমত খেয়ে গেলো এবার। কয়েক সেকেন্ড ফোনের এপার থেকে তাকে কারোর সাথে কি যেন ফিসফিস করতে শুনলেন ইন্সপেক্টর বাগচী। তারপর শুভ্র আবার ফিরে এলো ফোনের এপারে।

"স্যার, বলছি, আমাদের কাছে ওরকম কোনো নেই, আমি চেক করলাম, এভিডেন্স বক্সে নতুন কিছুই অ্যাড হয়নি।"

ইন্সপেক্টর বাগচী রেগে গেলেন। গলা চড়িয়ে বললেন, "কি গাঁজাখুরি গল্প ফাঁদলে শুভ্র। ইয়ার্কি মেরো না। ঠিক করে দেখো।"

শুভ্র অসহায় ভাবে বলে উঠলো, "সিরিয়াসলি স্যার, ফোন নেই। কিন্তু আমি আরও একটা ইনফরমেশন দিতে কল করলাম আপনাকে।

ইন্সপেক্টর বললেন, "কি ইনফরমেশন?"

শুভ্র আমতা আমতা করে বললো, ওই যে পাগলা আচার্যের যে ল্যাবরেটরি থেকে লাশ দুটো পাওয়া গেছে, ওখানে নাকি কিসব প্যারানরম্যাল এক্সপেরিমেন্ট করতেন বুড়ো। একটা লোকাল ম্যাগাজিনে পাঁচ বছর আগে উনি ক্লেইম করেছিলেন, তাঁর কাছে এমন টেকনোলজি আছে যে সেটা দিয়ে মৃত মানুষের সাথে সংযোগ করা যায়, ইহকাল আর পরকালের মধ্যে নেটওয়ার্ক স্থাপন করা যায়। তারপরই তো আগুন লেগে উনি আর ওনার ল্যাব দুইই খতম। পাগলের প্রলাপ লোকে বেঁচে থাকতে অতোটা পাত্তা না দিলেও এখন রীতিমত পাড়ার লোক জায়গাটা এড়িয়ে চলে স্যার। ভেতর থেকে নাকি অদ্ভুত সব আওয়াজ আসে, একাধিক ছায়ামূর্তির আনাগোনা হয়, গান বাজে।" একটানা এতগুলো কথা বলে শুভ্র একটা বড়ো নিশ্বাস নিলো। তারপর ওর খেয়াল হলো ওপারের

মানুষটা অস্বাভাবিক রকম চুপ করে আছে। ফোনের ওপার থেকে গাড়ির হর্ন, বাতাসের হুশহুশ শব্দ ভেসে আসছে। শুভ্র একটু গলা খাকারি দিয়ে বললো, "স্যার, শুনলেন সব? হ্যালো স্যার! শুনতে পাচ্ছেন?"

ইনস্পেক্টর বাগচীর সাড়া পাওয়া গেলো না। একটা রিনরিনে পুরোনো দিনের হিন্দি গান যান্ত্রিক মাধ্যমে শুভ্রের কানে আসতে শুরু করলো। খুব চেনা একটা গান, "আভি না যাও ছোড় কর, ইয়ে দিল আভি ভরা নেহি"

গানটার ভলিউম আস্তে আস্তে যেন কেউ বাড়িয়ে দিচ্ছে। রিংটোনের মতো একনাগাড়ে গানটা বাজছে ফোনের ওপারে। শুভ্র মরিয়া হয়ে "হ্যালো হ্যালো" করে যাচ্ছে।

তাঁর মোবাইলটা আপনা আপনি ডিসকানেক্ট হয়ে যেতেই পাশের সিটে সেই ফোনটা দেখতে পেলেন বাগচী। ফোনটা বাজছে। স্ক্রিনে ভেসে উঠছে, "আননোন কলার"। রিংটোনটা কি মিষ্টি।

"আভি আভি তো আয়ে হো, বাহার বন কে ছায়ে হো"

একটা ঘোরের মধ্যে ফোনটা হাতে তুলে নিলেন তিনি। সেই ব্যাটারিহীন, সিমহীন ফোন যেটা সযত্নে তিনি এভিডেন্স বাক্সে ভরে থানা থেকে রওনা দিয়েছিলেন, এখন সেটাই তাঁর হাতে। সেই ফোনের ডাক অগ্রাহ্য কেউ করতে পারে নি, প্রিয়ম পারে নি, বরুণ পারেনি, ইনস্পেক্টর বাগচীও পারলেন না।

"আভি তো কুছ সুনা নেহি, আভি তো কুছ কাহা নেহি.."

জাদুকরের বশীভূত পুতুলের মতো কলটা রিসিভ করে কানে দিলেন তিনি, "হ্যালো।"

৵৩

লেখিকা : শর্মিষ্ঠা বিশ্বাস

10

সেই মন মাতান সুগন্ধ

রাকেশ বিজনেস ম্যানেজমেন্ট কোর্স পাস করার পর একটা গার্মেন্ট ফার্মে কাজ পেল বোম্বেতে। দেরি না করে রাকেশ ওর প্রেমিকা সোনমের সাথে বিয়েটা সেরে ফেলল। বোম্বে শহরতলিতে ছিল দুজনের সংসার, ভালই ছিল দুজনে।

হঠাৎ যেন বাজ পড়ল মাথায়। কোম্পানি ওকে সুরাট শহরে ট্রান্সফার করে দিল।

ছোট্ট একটা অফিস, চার-পাঁচজন কাজ করে। টেক্সটাইল ফ্যাক্টরিগুলোর সাথে সরাসরি যোগাযোগ করার ভার থাকল রাকেশের উপর।

প্রথম কয়েকটা দিন ওকে হোটেলে থাকতে হল।

রোজ রাতে শুনত সোনমের আকুল আবেদন, সেটাকে আর্তনাদ বলাই সঙ্গত হবে, "তুমি কি গো, আমাকে একা ফেল রেখে চলে গেলে?"

অফিসের এক কলিগ রাকেশকে এক ব্রোকারের ফোন নাম্বার দিল।

কিন্তু শহরের মধ্যে কম দামে পছন্দ মত বাড়ি রাকেশ পেল না। এবার ওই ব্রোকার শহরতলিতে কাজ করে এমন এক ব্রোকারের সন্ধান দিল ওকে।

সে বেশ তাড়াতাড়ি একটা ফ্ল্যাটের খবর আনল - দশতলা বিল্ডিং, তার আট তলাতে দুই বেড-রুমের বাড়ি, বড় একটা পশ্চিম-খোলা ব্যালকানি আছে। বেশ কম ভাড়াতে সেটা পেয়ে গেল রাকেশ।

বাড়িওয়ালার সাথে এগ্রিমেন্ট করে সপ্তাহান্তে বোম্বে গিয়ে সোনমকে নিয়ে আসল নতুন বাড়িতে।

সোনম তো ফ্ল্যাট দেখামাত্র গলে গেল একবারে। রান্নাঘরটা কি বড়, বম্বেতে ওদের এক বেডরুম ফ্ল্যাটের কিচেনের আড়াই গুণ। প্রত্যেক তলাতে পাঁচটা করে ফ্ল্যাট, শেষ ফ্ল্যাটটা একটা কোনার মধ্যে, যার দরজা ওর ফ্ল্যাট থেকে দেখা যায় না।

বম্বেতে রাকেশ অফিস থেকে ফিরতে বেশ দেরিতে, ট্রেন জার্নি করে। এখানে ও অফিস থেকে অনেক তাড়াতাড়ি ফিরে আসে। মনটা খুশিতে ভরে গেল সোনমের, এ

যেন স্বর্গকে হাতের মুঠোয় পাওয়া।

সবে ছয়-মাস আগে বিয়ে হয়েছে ওদের, নতুন বিয়ের মিষ্টত্ব ঢাকা পড়েনি এখনো দায়িত্বের চাপে।

ফ্ল্যাটের দরজার ডুপ্লিকেট চাবি রাকেশ নিজের কাছে রাখত। অফিস থেকে ফিরে কলিংবেল বাজিয়ে দাঁড়িয়ে থাকতে হত না, বা সোনমকে দৌড়ে আসতে হত না দরজা খুলতে।

রাকেশ বেরিয়ে যাবার পর সোনম ঘরটা একটু গোছাচ্ছিল। হঠাৎ কলিং-বেল বেজে উঠল। কে আসতে পারে?

দরজা খুলে সোনম দেখল এক বয়স্ক মহিলা দাঁড়িয়ে, বয়স সত্তর পার হয়ে গেছে।

অরুণাকে দেখে উনি হাসলেন, দেখিয়ে দিলেন কোনের ফ্ল্যাটটা, যার দরজা অরুনার দরজায় দাঁড়িয়ে দেখা যায় না, "আমি ওই ফ্ল্যাটটায় থাকি।"

তারপরে বললেন- "দেখলাম দু-দিন আগে নতুন লোকজন এসেছে এই ফ্ল্যাটে, তাই খোঁজ নিতে এলাম। সব ঠিকঠাক চলছে তো?"

"সবে তো দু-দিন হল, কদিন যাক তারপর বোঝা যাবে।"

"সাবধানে থেক, অচেনা জায়গা, চোখ কান খোলা রেখ।"

কোন বিপদের আভাষ দিচ্ছেন কি উনি?

"ভিতরে আসুন না। আমার নাম সোনম, বোম্বে থেকে এসেছি।"

"না না, এখন নয়, অন্য কোন সময়", বলেই উনি পিছন ফিরে হাঁটতে শুরু করলেন।

ওনার হঠাৎ চলে-যাওয়া বেশ অবাক করল সোনমকে।

সোনমের মনে পড়ল আলমারি খুলে রেখে এসেছে, জামা-কাপড়গুলো গোছাচ্ছিল। সোনম জামা-কাপড় গোছানতে ডুবে গেল আবার।

হঠাৎ কোন মেয়ের গলার স্বর শুনল, "কেমন চলছে ঘর গোছান?"

এত অবাক হয়ে গেল সোনম যে ওর হাতে ধরা শাড়িগুলো ধপাস করে পড়ে গেল মেঝেতে, বুকটা কেঁপে উঠল ধকধক করে। মাথা তুলে ও দেখল ওর সাত-আট ফিট দূরে দাঁড়িয়ে আছে এক মহিলা, ওর কাছাকাছি বয়সের। অপূর্ব সুন্দরী সে, টানা-টানা চোখ, খাড়া নাক, গায়ের রং ধবধবে ফর্সা।

কিন্তু ওর চোখগুলোতে যেন সারা পৃথিবীর দুঃখ মাখান। ওকে কি অনেক কষ্ট সহ্য করতে হয়েছে জীবনে? এতক্ষণে সোনমের হুঁশ ফিরল, উনি ঢুকলেন কি করে? দরজাতো ও বন্ধ করে এসেছিল।

"অটোমেটিক লকটা খোলা ছিল নাকি?"

ভদ্রমহিলা মুক্তোর মত দাঁত বার করে হাসলেন, কোন উত্তর দিলেন না।

"তাই হবে নির্ঘাত", ভাবল সোনম, "তবে লোকজন সাধারণত দরজা নক করে ভিতরে আসে। যাকগে, আমার কাছাকাছি বয়স, গল্প করার সঙ্গী হতে পারে।"

সোনম খেয়াল করল একটা ভারি সুন্দর গন্ধ ভাসছে বাতাসে।

"খুব সুন্দর তো আপনার পারফিউম, ভারি ভালো গন্ধটা। আমার বর কে বলতে হবে কেনার জন্য।"

মহিলা বলল- "কিন্তু ছেলেরা যা বলে আর যে কাজ করে তা সব সময় এক হয় না"

সোনম হাসল ভদ্রতা রক্ষার্থে, কিন্তু বুঝল না কথাটার মানে।

"আপনি খুব ব্যস্ত এখন, আবার আসব পরে। আমার নাম দেবিকা, আমাকে 'তুমি' করেই বোল।"

"আমার নাম সোনম। আবার এস কিন্তু।"

মহিলা দ্রুত পায়ে বেডরুম থেকে বেরিয়ে গেল।

সোনম বেরিয়ে দেখল সিটিং-রুমের দরজার লকটা খোলা। কিন্তু মহিলা এত তাড়াতাড়ি বেরিয়ে গেল কি করে?

বিকেলে রাকেশ বাড়ি ফেরার পর সোনম বলল ওকে দেবিকার কথা।

"মনে হল ওর বরকে নিয়ে ও অসন্তুষ্ট। স্বামীদের বিরুদ্ধে ওর অনেক নালিশ।"

"ছাড় তো ওসব কথা। এটা আমাদের একান্তে থাকার টাইম, এ সময়ে থার্ড পার্টির নো এন্ট্রি", বলে রাকেশ জড়িয়ে ধরল সোনমকে।

"দেখি ত কেমন সাজালে ঘর?"

সোনমের কাছে রাকেশের মতামত পছন্দ হল না, কিন্তু একসাথে থাকতে গেলে কিছু ছাড় তো দিতেই হবে। বোঝাপড়া দু-পক্ষর ছাড় দেয়ার উপর গড়ে ওঠে। মনের মিল থাকলে ধীরে ধীরে দুজনের পছন্দ এক জায়গাতে এসে মেলে, দুটো আলাদা পথ যেমন একসাথে মিলে একটা পথ হয়ে যায়।

দুদিন পর অরুনা যখন ঘরে কাজ করছিল ডোর-বেল বেজে উঠল। অরুনা দরজা খুলে দেখল সেই বৃদ্ধা মহিলা দাঁড়িয়ে আছেন।

"হ্যালো আন্টি।"

মহিলা কোন প্রত্যুত্তর দিলেন না, গম্ভীর মুখে দাঁড়িয়ে রইলেন।

হঠাৎই মুখ খুললেন উনি, "তোমাকে এটা বলা দরকার। তোমাদের মত কমবয়স্ক দম্পতিদের জন্য এ ফ্ল্যাটটা ভালো নয়।"

সোনমের ভালো লাগল না কথাটা। আগের বারও কিছুটা আড়াল রেখে এমন কিছুরই আভাষ দিয়েছিলেন উনি। উনি কি ঈর্ষা করছেন যে অরুনারা ভাল একটা ফ্ল্যাট পেয়ে গেছে কম টাকাতে?

"কেন আন্টি?"

"আমি ব্যাপারটা খুলে বলতে পারছি না?"

"ভেতরে আসুন না।"

উনি সঙ্গে সঙ্গে পিছিয়ে গেলেন এক পা আর বললেন, "এই ফ্ল্যাটে আমার পক্ষে ঢোকা সম্ভব নয়।"

বলেই উনি পিছন ফিরে দ্রুত হেঁটে ফিরে গেলেন ওনার ফ্ল্যাটের দিকে।

সোনম কপালে চিন্তার ভাঁজ নিয়ে দরজাটা বন্ধ করল।

রাকেশের অফিস ওকে বলল, তিন দিনের জন্য সুরাটের বাইরে দুটো শহরের দুই কোম্পানিতে গিয়ে কন্ট্রাক্ট নিয়ে আলোচনা করতে আর ওদের কাজকর্ম দেখে আসতে।

বিকেলে অফিস থেকে ফেরার পর রাকেশ সোনমকে কথাটা জানাল। সোনম একা এই নতুন জায়গায় থাকাটা ভালো চোখে নিল না। কোন সমস্যায় পড়লে কার কাছে যাবে? এখনো পর্যন্ত এই বিল্ডিং-এর কারো সাথে ওর ঘনিষ্ঠতা গড়ে ওঠেনি, রাকেশকে নিয়ে এতটাই ব্যস্ত ছিল ও। প্রতি পল, প্রতি মুহূর্ত, ওর চিন্তাতেই নিমগ্ন থাকত।

"এই বিল্ডিং-এর সিকিউরিটি খুব ভাল। আমি তরকারি, দুধের প্যাকেট, মশলাপাতি, ফল, পাউরুটি, সব তোমাকে কিনে দিয়ে যাব।"

দুশ্চিন্তায় সোনমের মন ছেয়ে গেল।

ওকে একটা ফোন নাম্বার ডাইরিতে লিখে দিল রাকেশ।

"ভয়ানক কোন সমস্যা দেখা দিলে একে ফোন করবে, আমার অফিসের কলিগ।"

এতদিনে সোনম বুঝল আশেপাশের মানুষের সাথে আলাপ রাখা কত দরকার।

পরদিন ভোরবেলা রাকেশ বেরিয়ে গেল বাড়ি থেকে। কান্না-ভেজা চোখে তাকে বিদায় দিল সোনম।

বিকেলে টিভি দেখতে দেখতে কফির কাপে আনমনে চুমুক দিচ্ছিল সোনম। হঠাৎ ওর নাকে এল সেই পারফিউমের গন্ধ আর শুনল নিচু গলার এক হাসি। ঘাড় ঘুরিয়ে দেখল দেবিকা দাঁড়িয়ে আছে কিছু দূরে। সোনম এত অবাক হল যে কফিটা চুলকে পড়ল মেঝেতে।

তাড়াতাড়ি কফির কাপ সামনের টি-টেবিলে রেখে সোনম জিজ্ঞেস করল, "তুমি এলে কখন?"

"এই তো, এক্ষুনি, তুমি টিভি দেখতে এত ব্যস্ত ছিলে যে টের পাওনি।"

"আজও কি ঠিক করে দরজাটা লাগাইনি আমি?"

দেবিকা হাসল শুধু, কোন মন্তব্য করল না।

"তোমার বর কি অফিসে চলে গেল? আজ যেন বেশ তাড়াতাড়ি গেল?"

"হ্যাঁ, ওর একটা টুর আছে, তিন দিন বাইরে থাকবে।"

বলেই সোনমের মনে হল, তার একা থাকার কথাটা না বললেই ভালো হত বোধহয়। কার মনে কি বুদ্ধি খেলা করে, তা কে বলতে পারে? তাছাড়া দেবিকাকে ও কতটুকুই বা চেনে।

"তাই নাকি? কোথায় যাচ্ছে", বলে দেবিকা পাশের সিঙ্গল সোফাটায় বসল।

জায়গা দুটোর নাম বলল সোনম। একবার যখন বলেই ফেলেছে ও একা থাকছে তখন শহরের নাম লুকিয়ে আর হবেটা কি।

"তুমি শিওর, ও ওখানেই যাচ্ছে, অন্য কোথাও নয়।"

সোনমের হঠাৎ মনে হল যেন ওর মন ছেয়ে যাচ্ছে এক অদ্ভুত অনুভূতিতে, যেন এক ঘন কুয়াশা আবৃত করছে ওর চিন্তাশক্তি। তার মধ্যে দিয়ে ও শুনে চলল দেবিকার কথা।

দেবিকা বলল- "ছেলেরা ট্যুর-এর নাম করে অন্য কোথাও যেতে পারে।"

কথাগুলো সত্যি বলে মনে হল সোনমের।

কোথায় গেল রাকেশের প্রতি ওর ভালোবাসা, ওর বিশ্বাস। রাকেশ তো কখনো ঠকায়নি ওকে, তবু কেন ও পারল না দেবিকার কথার প্রতিবাদ করতে? কেন ওর মনে হল দেবিকার কথা সর্বেব সত্য।

দেবিকা চলে গেল সোনমের মনটাকে সম্পূর্ণ কালিমালিপ্ত করে।

পরদিন বিকেলে আবার এল দেবিকা। সোনম জিজ্ঞেস করার প্রয়োজন বোধ করল না দেবিকাকে, কি ভাবে ঢুকল ও দরজা বন্ধ থাকা সত্ত্বেও। আবার সোনম সন্মোহিতের মত দেবিকার কথা শুনে চলল। এবারে দেবিকা আরও একধাপ এগোল।

"নতুন শহরে ও ডাকতে পারবে কোন কল-গার্লকে। যেখানে কেউ নেই ওকে থামাবার, আঙুল তুলে ওকে সাবধান করার। এইসব ট্রিপ আসলে হল কলগার্লদের সাথে মজা লুটবার জন্য। জানার পর আমার বুক ফেটে গেছে দুঃখে, তবু আটকাতে পারিনি নিজের স্বামীকে।"

ওর দুঃখ-ভরা চোখ থেকে গড়িয়ে পড়ল দু-ফোঁটা জল।

আবার বলল ফিসফিস করে- "দিনের পর দিন আমি কেঁদে বুক ভাসিয়েছি, ওর পায়ে পড়েছি। ও প্রতিজ্ঞা করেছে এ কাজ আর করবে না। তবু প্রতিজ্ঞা ভেঙে ফিরে গেছে ঐ নোংরা মেয়েগুলোর কাছে।"

সারা বিকেল সোনমের মনকে ওর স্বামীর প্রতি বিষাক্ত করে চলল দেবিকা। এমনকি একথাও বলল যে ওর উচিত হবে স্বামীকে ছেড়ে চলে যাওয়া।

"হতে পারে তুমি ওকে ভালোবাসো, কিন্তু একটা অবিশ্বাসী স্বামী কি ভালবাসা পাওয়ার যোগ্য?"

সোনম শুধু বড় বড় চোখ করে তাকিয়ে রইল দেবিকার দিকে সন্মোহিত হয়ে। ভাবল, সত্যিই রাকেশ হোটেলে সময় কাটাচ্ছে কোন কল-গার্ল-এর বাহুবন্ধনে।

ওর মনটা শূন্য হয়ে গেল, তাতে ভালোবাসার লেশমাত্র রইল না। ও নিশ্চিতভাবে বিশ্বাস করল যে রাকেশ একটা মিথ্যুক, প্রবঞ্চক।

এত সব কথা শোনার পর ওর মন এত ক্লান্ত হয়ে পড়ত, এত বিধ্বস্ত হয়ে যেত যে রাত আসলেই সঙ্গে সঙ্গে ওর চোখে নেমে আসত গভীর ঘুম আর এক ঘুমে সে রাত পার হয়ে যেত। সে রাতে রাকেশ ফোন করাতে ও তুলল ফোন কিন্তু কথা বলতে পারল না রাকেশের সাথে। স্বামীর প্রতি ঘৃণা আচ্ছন্ন করে রাখল ওর কথা বলার ক্ষমতাকে।

রাতের বেলা সোনম ফোন না তোলাতে রাকেশ অস্থির হয়ে উঠল। ওর কাজ যতটা পারা যায় করে দ্বিতীয় দিন বিকেলে অজুহাত দেখিয়ে বেরিয়ে এল অফিস থেকে। অনেক

লম্বা রাস্তা, তবুবেশি টাকা দিয়ে ভাড়া করে নিল একটা ট্যাক্সি, যাতে রাতের শুরুতেই ও বাড়ি পৌঁছাতে পারে। ক্লান্ত বিধ্বস্ত রাকেশ বাড়িতে ফিরে চাইছিল একটু বিশ্রাম আর সোনমের সান্নিধ্য। কিন্তু ওর মন ভরে ছিল এক অজানা আশংকায়।

কি কারণ থাকতে পারে প্রথম রাতে সোনমের ফোন না তোলার? দ্বিতীয় রাতে সোনম ফোন তুলেছিল, কিন্তু ওর কথাতে ছিল না কোন আনন্দের সাড়া, স্রেফ 'হ্যাঁ' 'না' বলে দায়সারা উত্তর দিয়েছে সোনম। হঠাৎ কেটে দিয়েছিল লাইনটা।

চাবি দিয়ে দরজা খুলে ভিতরে ঢুকল রাকেশ।

আওয়াজ শুনে সোনম এল সেখানে, কঠিন গলায় বলল- "কোথায় ছিলে তুমি এই দুই রাত?"

অবাক হয়ে রাকেশ উত্তর দিল- "তোমায়তো বলে গেছিলাম কোথায় যাচ্ছি আমি।"

"সত্যিই কি সেখানে গেছ, নাকি অন্য কোথাও গেছিলে?" বিদ্রূপের স্বরে বলল সোনম।

রাকেশ অবাক হয়ে গেল, "কি বলছ সোনম?"

"হোটেলে কি কলগার্লরাও থাকত তোমার বিছানা গরম করার জন্য?"

রাকেশ নিজের কানকে বিশ্বাস করতে পারছিল না, এররকম মারাত্মক অভিযোগ ওর বিরুদ্ধে সোনম কি করে করতে পারে। ওদের পরস্পরের প্রতি বিশ্বাস, বোঝাপড়া যা ওরা কলেজে পড়ার সময় থেকে ধীরে ধীরে গড়ে তুলেছে, তা কি দু-রাতে হাওয়ায় হারিয়ে গেল! সোনমের কথাগুলো ওর বুকে যেন ছুরির মত এসে বিঁধল। "ভাবতে পারছি না, আমার সম্বন্ধে এত নীচ ধারনা তোমার হয় কি করে?" ক্ষুব্ধ গলায় বলল রাকেশ।

"না, আমি তোমায় বিশ্বাস করি না। আমাকে একা ফেলে রেখে তুমি এই টুরে গেলে কি করে? নির্ঘাত তোমার অন্য কোন উদ্দেশ্য ছিল।"

রাকেশ এবার প্রকৃতই রেগে উঠল, "শাট আপ, তুমি কি কথা কাকে বলছ তা বোঝার বুদ্ধিও তোমার চলে গেছে।"

সোনম আহত চোখে তাকাল রাকেশের দিকে আর কাঁদতে শুরু করল। রাকেশ ওকে সান্তনা দেবার জন্য জড়ানর চেষ্টা করতে সোনম ধাক্কা মেরে সরিয়ে দিল ওকে, "আমাকে ছুঁয়ো না তুমি। তোমায় আমি ঘেন্না করি", বলে দৌড়ে গিয়ে ওদের বেডরুমে ঢুকে দরজা বন্ধ করে দিল

বাইরে দাঁড়িয়ে বারবার রাকেশ অনুরোধ করল দরজা খোলার জন্য। কিন্তু সোনম সাড়া দিল না।

ক্ষুন্ন হয়ে রাকেশ হাত পা ধুয়ে অন্য বেডরুমে গিয়ে শুল কোন খাবার না খেয়েই। পেটে খিদে থাকলেও কোন খাবার মুখে তোলার মত মানসিকতা ওর ছিল না।

বিছানায় শুয়ে সোনমের মনে হচ্ছিল যেন মনটা ভেঙে চুরমার হয়ে যাচ্ছে। ও কি ঠিক করল রাকেশকে এভাবে আঘাত করে? তারপর ঘুম এসে ওর ক্লান্ত চোখ দুটোকে

বুজিয়ে দিল।

রাকেশ এত সহজে ঘুমাতে পারল না। বারবার সোনমের কথাগুলো তীক্ষ্ণ বাণের মত বিঁধছিল ওর মনকে। বিছানায় ছটফট করছিল ও। কিন্তু ক্লান্ত শরীরে এত লম্বা একটা জার্নির পর ও বেশি সময় জেগে থাকতে পারল না, একসময় ও ঘুমিয়ে পড়ল।

সকালে সাধারণত যে সময় ওঠে তখন ঘুম ভাঙল রাকেশের। সঙ্গে সঙ্গে ওর মনে পড়ল সোনমের কথা। তাড়াতাড়ি ও বিছানা ছেড়ে উঠল, দেখল সোনমের ঘরের দরজা তখনো বন্ধ হয়ে আছে।

ও দরজায় ধাক্কা দিয়ে বারবার, সোনমকে বলল বেরিয়ে আসতে। তার বদলে ওকে শুনতে হল, "চলে যাও তুমি। আমি তোমার সঙ্গে থাকতে চাই না। তোমার মত একটা অবিশ্বাসীর হাত থেকে নিস্তার চাই। আমি ডিভোর্স চাই।"

রাকেশ ভেবে পেল না কি এমন ঘটতে পারে এই দুদিনের মধ্যে যে ওর প্রতি এত বিতৃষ্ণা, এত বিদ্বেষ সোনমের ভালোবাসাকে ঢেকে দিয়েছে সন্দেহের কালো মেঘে।

কিন্তু ওকে তো অফিস গিয়ে ট্যুরের ব্যাপারে রিপোর্ট করতেই হবে। বিশেষত যখন ও একটা দিন আগেই ফিরে এসেছে। স্নান করে জামা কাপড় পরে ও বেরিয়ে গেল ফ্ল্যাট থেকে।

তাড়াতাড়ি অফিস থেকে ফিরবে আজ, সোনমকে জিজ্ঞেস করতে হবে কি ঘটেছে এই দু-দিনে যে ও ডাইভোর্সের কথা ভাবতে পারে। ওদের সে নিঃস্বার্থ ভালোবাসা, পরস্পরের প্রতি প্রেম কোথায় হারিয়ে গেল? ভালোবাসা কি এত ভঙ্গুর যে দু-রাতের অনুপস্থিতি তাকে চুরচুর করে ভেঙে দিতে পারে।

মনে হল, যে সোনমকে ও বিয়ে করেছিল, যাকে ও ভালোবেসেছিল, এ সে সোনম নয়।

রাকেশ লিফট দিয়ে নেমে মটরবাইক বার করে স্টার্ট দিল। কিন্তু রাস্তায় বেরিয়ে এসে মনে শান্তি পাচ্ছিল না। বিয়ে তো সাত জন্মের বন্ধন, এত সহজে তা ভেঙে যাবে কি করে। না, এই অবস্থাকে ও হাতের বাইরে যেতে দিতে পারে না। ওকে জানতেই হবে এর কি কারণ।

রাকেশ মটরবাইক ঘুরিয়ে নিল। ও জানে অফিস যাওয়া কত জরুরি, কিন্তু তার চেয়েও বেশি জরুরি সোনমের সাথে কথা বলা।

যত দ্রুত ও যেতে পারে ততটা জোরে ও মটরবাইক ছোটাল বাড়ির দিকে। বাড়ির নিচে মটরবাইক পার্ক করে ও উঠে এল লিফট দিয়ে ভীষণ উত্তেজিত হয়ে। ওর মনে হল সাংঘাতিক বিপদের এক মেঘ সোনমের মাথার উপর কালো ছায়া মেলে রয়েছে, যার আবরণে ঢাকা পড়ে গেছে ওর বোধবুদ্ধি। লিফট থামা মাত্র এক লাফে বেরিয়ে এল আর দরজাটা খুলে ঢুকে আসল সিটিং রুমে। ঘরটা খালি। বেডরুমের দরজা খোলা, উঁকি মারল দুটো ঘরে, দুটোই ফাঁকা। কোথায় গেল সোনম?

হঠাৎ ওর মনে পড়ল ব্যালকনির কথা। এক তীব্র পারফিউমের গন্ধ এসেছে ঝাপটা মারল ওর নাকে। ও ভেবে পেল না সোনম সকালবেলা পারফিউম লাগাতে যাবে কেন। রাকেশ দৌড়ে গেল ব্যালকনিতে, যা দেখল তাতে ওর হার্ট-বিট থেমে গেল প্রায়। শাড়ি পরা অবস্থাতেই সোনম চেষ্টা করছে ব্যালকনি থেকে লাফাবার জন্য। কোনরকমে এক পা ও তুলে ফেলেছে রেলিং-এর উপর। অন্য পাটা তুলতে পারলেই, ব্যাস, আট তলা থেকে ও পড়ে যাবে গ্রাউন্ড-ফ্লোরে। হারিয়ে যাবে সোনমের জীবন পৃথিবী থেকে।

না, তা ঘটতে দিতে পারেনা রাকেশ, সোনমকে সর্ব বিপদ থেকে রক্ষা করা দায়িত্ব নিয়েছে ও। দৌড়ে গিয়ে ধরে ফেলল সোনমকে, জোর করে নামিয়ে আনল ব্যালকনির রেলিং থেকে। সোনম বাঘিনীর মত লড়াই করে চলল কিছুক্ষণ, আঁচড়ে, কামড়ে, চিৎকার করে। ও বেরিয়ে আসতে চাইল রাকেশের বাহুবন্ধন থেকে। কিন্তু রাকেশের হাতের বাঁধন একটুও আলগা হল না।

ধীরে ধীরে সোনম লড়াই করা ছেড়ে দিল, ওর শরীর শিথিল হয়ে পড়ল। তবু রাকেশ জড়িয়ে বসে রইল।

কিন্তু সেই সুগন্ধ, সে তো সোনমের পোশাক থেকে আসছে না।

একটু একটু করে সে গন্ধ কমে এল, একসময় হারিয়ে গেল সম্পূর্ণভাবে।

রাকেশ সোনমকে ধরে নিয়ে আসল সিটিং রুমে, বসাল সোফার উপরে। সোনম এমন করে তাকাল যেন বুঝতে পারছে না কিছু।

রাকেশ ওর কাঁধ ঝাঁকিয়ে বলল, "সোনম, আমার সাথে কথা বল। কেন তুমি এমন ভয়ানক কাজ করতে যাচ্ছিলে?"

সোনম তাকাল রাকেশের দিকে যেন অচেনা মানুষকে দেখছে ও। ধীরে ধীরে ওর চোখ যেন নতুন করে দেখল সেই চেনা মুখকে, ওর ভালোবাসার রাকেশকে। সোনাম গুমরে গুমরে কাঁদতে শুরু করলে রাকেশ ওকে শক্ত করে ধরে থাকল।

অনেকটা সময় পর সোনম কান্না থামিয়ে বলল, "এভাবে আমাকে একা ফেলে যেও না। ও আমাকে ঠিক মেরে ফেলবে"

অবাক হল রাকেশ, "কার কথা বলছ?"

"দেবিকার।"

"সে কে?"

"ওই তো আমায় ডাকছিল ব্যালকনির ও পাশে দাঁড়িয়ে। আমাকে বলছিল ওর সাথে লাফ দিতে।"

"কি বলছ তুমি সোনম, ব্যালকনিতে তুমি ছাড়া কেউ ছিল না।"

"তুমি ওকে দেখবে কি করে, ও তো শুধু আমাকে দেখা দেয়। তবে তুমি নিশ্চয়ই ঐ তীব্র সুগন্ধটা পেয়েছ।"

"হ্যাঁ, ওটা এল কি করে।"

"যখন দেবিকা আসে, ওই গন্ধ ছড়িয়ে পড়ে বাতাসে।"

রাকেশ অবিশ্বাসের দৃষ্টি নিয়ে তাকাল সোনমের দিকে। ও কি একটা অদৃশ্য ভূতের কথা বলছে?

"তুমি আমায় জড়িয়ে ধরলে বলে ও চলে গেল। তোমার ভালোবাসা রক্ষা করল আমাকে। তুমি দূরে থাকার সময় ও রোজ আসত আমার কাছে। আমি বুঝিনি ও মানুষ নয়, কারণ এক সাধারণ মেয়ের রূপে আসত ও আমার কাছে। আমাকে ও বারবার বলত তোমার বিরুদ্ধে মনগড়া সব কথা। আমার মনে হত সব যেন সত্যি, আমি ওর প্রতিটি শব্দ বিশ্বাস করতাম। তোমাকে আমি দুশ্চরিত্র লোক বলে ভাবতে শুরু করেছিলাম। ওই আমাকে বলেছিল ডাইভোর্স করার কথা।"

রাকেশ শুধু স্তব্ধ হয়ে শুনে গেল সে গল্প।

সোনম উঠে দাঁড়াল, "আমরা কিছুতে এখানে থাকব না। এখানে একা থাকলে ও আমাকে মেরে ফেলবে। দরকার হলে আমরা হোটেলে থাকব, কিন্তু এখানে না।"

সোনম উঠে গিয়ে সুটকেস দুটোতে ওদের সব দরকারি জিনিসপত্র ভরতে লাগল।

"কিন্তু সোনম, এভাবে হঠাৎ বাড়ি ছেড়ে দিলে আমি যে এডভান্স দিয়েছি তা তো ফেরত পাব না।"

"আমার জীবন কি সামান্য টাকার চেয়েও সস্তা তোমার কাছে?"

রাকেশ বুঝল সোনম কতটা দৃঢ়-প্রতিজ্ঞ এই বাড়ি ছাড়তে, আজই।

"তুমি বাকি জিনিস অন্য কাউকে সাথে নিয়ে এসে নিয়ে যেও?"

"একটা ব্যাপার আমি বুঝলাম না। ও তোমাকে আগে মারার চেষ্টা করেনি কেন?"

"জানিনা, হয়ত ওর মজা লাগছিল আমার হাত ধরে একটু একটু করে মৃত্যুর দিকে হেঁটে যেতে। বাঘ যেমন করে শিকারকে নিয়ে খেলে। ও জানত তুমি আরো একদিন পরে আসবে। তুমি যে হঠাৎ চলে আসবে তা ভাবতে পারেনি। আজ সকালে তুমি ঘর ছাড়া মাত্র ও আমাকে উত্তেজিত করল, আমাকে বলল 'তাহলে এস আমার সাথে, আমরা একে অপরের সঙ্গী হয়ে থাকব।' তুমি এসে আমাকে জড়িয়ে ধরলে, তোমার ভালবাসা ওর মায়াজালকে ছিঁড়ে বার করে আনল আমাকে।"

দুজনে রেডি হয়ে গেল। সুটকেস দুটা নিয়ে ফ্ল্যাট থেকে বেরিয়ে দরজা লক করে দিল রাকেশ।

এক মুহূর্তের জন্য ও পেল এক তীব্র সুগন্ধ আর শুনল এক চাপা জান্তব আওয়াজ। দেবিকা ফিরে এসেছে।

সোনাম বলল- "দাঁড়াও, একটা কাজ বাকি আছে। আমাকে এক বৃদ্ধা মহিলাকে ধন্যবাদ জানাতে হবে। উনি দুবার আমায় সাবধান করতে এসেছিলেন। আমি বুঝিনি ওনার কথা। উনি সরাসরি দেবিকার কথা বলেননি, আভাষ দিয়েছিলেন মাত্র। উনি দেবিকাকে ভয় পাচ্ছিলেন।"

সোনাম আর রাকেশ কোনের ফ্ল্যাটের দরজায় গিয়ে বেল বাজাল। এক মধ্যবয়স্ক ভদ্রলোক দরজা খুলে চোখে প্রশ্ন নিয়ে তাকালেন ওদের দিকে।

"আমরা চলে যাচ্ছি?"

উনি অবাক চোখে তাকিয়ে রইলেন কিছুক্ষণ, তারপরে বললেন- "এত তাড়াতাড়ি? এইতো সবে এলেন" "কারণটা আপনার নিশ্চয় জানা আছে। দেবিকার ভূত আমাকে মেরে ফেলার চেষ্টা করেছিল।"

যখন ভদ্রলোক কোন কথা না বলে চুপ করে রইলেন, সোনম ক্ষোভের সাথে বলল, "আপনারা তো জানতেন, তবুও আমাদের সাবধান করেননি কেন?"

"ভিতরে আসুন" দরজা থেকে সরে গেলেন উনি।

সোনম আর রাকেশ ঘরে ঢুকে সোফাতে বসল।

"আমার কিছু করার ছিল না। বাড়িওয়ালা একটা টেক্সটাইল মিলের মালিক। ওনার সাথে রাজনৈতিক নেতাদের যোগাযোগ আছে। আমাদের মুখ বন্ধ রাখতে ধমকি দিয়েছিল সে। আমরা সাধারণ লোক, গুন্ডাদের মোকাবিলা করার ক্ষমতা আমাদের নেই। এ বিল্ডিং-এ কারোরই নেই।"

সোনম বুঝল কেন কেউ ওদের সাবধান করতে এগিয়ে আসেনি।

"কি হয়েছিল, কেন দেবিকার ভূত এই ফ্ল্যাটে থাকে?"

ভদ্রলোক তখন শোনালেন এক অসহায় মেয়ের জীবনের কাহিনি।

এই ফ্ল্যাটের মালিকের অনেক টাকা। তার একমাত্র ছেলে বাবা-মায়ের আহ্লাদে উচ্ছন্নে গেছিল - মদ খেত, রেড-লাইট এলাকাতে যেত নিয়মিত। দেবিকা, এক পরমাসুন্দরীর সাথে ওর বিয়ে দিয়ে এই ফ্ল্যাটে থাকতে দিয়েছিল ওর বাবা। ওরা ভেবেছিল এত সুন্দরী স্ত্রী পেয়ে ও হয়ত আর বিপথগামী হবে না। ছেলেটি সত্যিই মদ খাওয়া কমিয়ে দিল, রেড-লাইট এরিয়াতে যাওয়া ছেড়ে দিল। কিন্তু পুরানো অভ্যাসতো রক্তে মিশে গেছে, তা কি করে ছাড়বে? চার-পাঁচ মাস পরে নতুন বিয়ের স্বাদ ফিকে হয়ে এলে ও আবার রেড-লাইট এলাকায় গেল নতুন শরীরের খোঁজে। বউকে বলে যেত ব্যবসার কাজে বাইরে যাচ্ছে। কিন্তু গিয়ে উঠত কোন হোটেলে নতুন মেয়ে নিয়ে। ওর বউ ক্রমশ তা জানতে পারল। অনেক কান্নাকাটি করে ওকে দিয়ে প্রতিজ্ঞা করাল যে এ কাজ ও আর করবে না। কিন্তু এর আকর্ষণ বড় তীব্র, একমাস পরে আবার ও বাইরে গেল। এবার দেবিকা ওর নিজের বাবা-মাকে এবং শ্বশুর-শাশুড়িকে সে কথা জানাল। তাদের কথায় আবার ছেলেটি বলল যে এই বদ-অভ্যাস ও ছেড়ে দেবে। কিন্তু কয়েক সপ্তাহ পরে আবার ভাঙল সে কথা। এইবার ওর শ্বশুর-শাশুড়ি, এমনকি দেবিকার বাবা-মাও হাত তুলে দিল। ওকে বলল, ও যা পারে করে ছেলেটিকে পাল্টাক। ছেলেটা মদ খেয়ে এসে দেবিকাকে মারধর করতে লাগল। দেবিকাকে আমরা রাতের পর রাত কাঁদতে শুনেছি। আমি দুজন লোক নিয়ে ছেলেটির সাথে কথা বলতে গেলে ও আমাদের যাচ্ছেতাই গালাগাল দিল, অপমান করল, আর সাবধান করে দিল ওর সংসারের ব্যাপারে নাক না গলাতে।

দেবিকা হয়ত অনুভব করেছিল পৃথিবীতে কেউ ওকে সাহায্য করবে না, ওর বাবা-মাও না।

এক সকালে আমরা শুনলাম ব্যালকনি থেকে লাফ দিয়ে আত্মহত্যা করেছে দেবিকা। ছেলেটা চলে গেল এ বাড়ি ছেড়ে। ওর বাবা চাপা দিল কেসটাকে। তারপর বহুদিন এই ফ্ল্যাট ফাঁকা পড়েছিল, তালা দেয়া অবস্থায়। আমরা অনেকে রাতের বেলা দেবিকার কান্না শুনেছি ফ্ল্যাটের ভিতর থেকে। আমরা ভয় পেতাম, কিন্তু দেবিকা বাইরে বেরিয়ে এসে কাউকে বিরক্ত করেনি।

এক বছর বসে রইল বাড়িওয়ালা। বাড়িটাকে তাও বেচতে পারল না। ও চেষ্টা করল ভাড়া দেবার, তোমরা এলে।”

সোনাম আর রাকেশ হতবুদ্ধি হয়ে গেল দেবিকার গল্প শুনে। একটা মেয়ে জীবনের সর্ব আশাভঙ্গ হবার পর শুধু দুঃখ থেকে বাঁচার জন্য আত্মহত্যা করেছে।

“দেবিকা সহ্য করতে পারে না স্বামী-স্ত্রীর ভালোবাসাকে, তাকে নষ্ট করে দেবার চেষ্টা করেছিল ও” বলল সোনম।

“তাই হবে হয়ত।”

সোনম একটু সময় চুপ থেকে বলল- “আপনার মায়ের সাথে একবার কথা বলতে চাই?”

“আমার মা”, অবাক হলেন উনি।

“হ্যাঁ, উনি দু-বার আমাকে সাবধান করেছিলেন, তবে অনির্দিষ্টভাবে। আমি বুঝিনি সেটা। আমি ভেবেছিলাম উনি আমার কান ভাঙাবার চেষ্টা করছেন।”

“কিন্তু আপনি বুঝলেন কি করে উনি আমার মা?”

“উনি বলেছিলেন, এই ফ্ল্যাটে থাকেন উনি।”

“আপনি কি নিশ্চিত?”

“নিশ্চয়ই।”

ভদ্রলোক দূরে রাখা একটা ফ্রেমে-বাঁধানো ছবি আনলেন - পরিবারের ছবি, ওনার মধ্যবয়স-কালের।

“দেখুন তো ছবিটা।”

“হ্যাঁ, ইনিই তো।”

ভদ্রলোক তার স্ত্রীর দিকে তাকালেন হতবাক হয়ে। দুজনের চোখে বিস্ময়।

কিছু সময় চুপ থেকে বললেন, “আমার মা চার বছর আগে মারা গেছেন।”

লেখক : শংকর বিশ্বাস

সমাপ্ত